KB237976

진짜가 되는 곳이 진짜다

인간 완성은 세상의 근원인 본바닥으로 되돌아가서
본바닥에 살아서 다시 난 자가 영원히 사는 완성자다

진짜가
되는 곳이
진짜다

우 명 지음

참출판사

우 명 禹明

마음수련 명상의 창시자이며 인간 완성의 철학과 방법을 알려온 철학가, 강연가, 저술가이다. 삶과 존재에 대한 깊은 성찰 끝에 진리가 된 후, 사람들이 진리가 될 수 있도록 가르치는 데 헌신해온 명상 혁신가이기도 하다.

〈진짜가 되는 곳이 진짜다〉 영문판은 미국 에릭 호퍼 어워드에서 수여하는 '몽테뉴 메달'(2014)을 한국인으로서는 처음 수상했다. 〈이 세상 살지 말고 영원한 행복의 나라 가서 살자〉 영문판은 아마존 베스트셀러 종합 1위를 기록하고 다수의 철학 분야 도서상을 수상하였으며,

〈하나님 부처님 알라를 만나는 방법〉은 미국에서 영역본 〈How to Have a Meeting with God, Buddha, Allah〉가 먼저 출간되었고 월스트리트저널, 반스앤노블 베스트셀러 종합 1위, 아마존닷컴 철학 영성 분야 베스트셀러 1위, USA투데이 베스트셀러에 올랐다. <살아서 천국 극락 낙원에 가는 방법> 또한 영문 <How to Go and Live in Heaven, Paradise, and the Land of Bliss while Living>이 먼저 발행되며 화제가 되었다.

이외에도 〈살아서 하늘사람 되는 방법〉〈세상 너머의 세상〉〈하늘의 소리로 듣는 지혜의 서〉 등 진리에 관한 저서 십여 권을 출간했다.

우 명 선생의 저서들은 영어, 스페인어, 프랑스어, 이탈리아어, 스웨덴어, 헝가리어, 포르투갈어, 일본어 등 세계 여러 언어로 번역, 출간되고 있다.

차례

서문

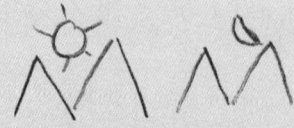

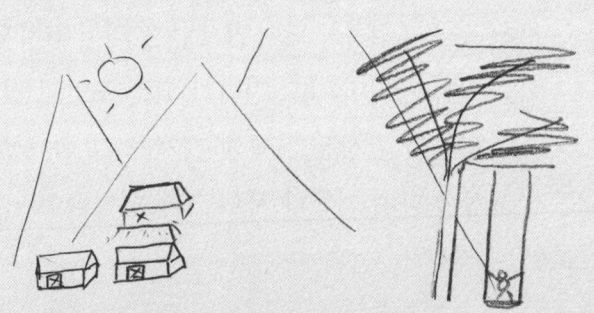

서문

    수많은 세월 속에 인간은 무엇이 참이고 무엇이 가짜인지를 몰랐다.

    진짜란 영생불멸의 존재이고 살아 있는 존재인 우주 자체이며 또 이 세상이라.

    가짜는 자기 마음에 세상을 사진 찍어 가진 인간의 마음의 세상이라.

    인간은 이 가짜의 세상에 살고 있기에 인간의 완성은 가짜인 자기의 마음속서 빠져나와 참세상에 나면 인간이 완성이 되는 것이라. 종교, 사상, 철학, 학문의 일체가 바로잡히고 사람이 행복하게 잘살 수가 있는 것이라.

    인간은 가짜의 세상서 가짜만 배워 진리인 진짜가 무엇인지 모르고 또 진짜가 되지 못하여 고통, 짐 지고 사는 것이라.

    진짜만이 진짜를 알고 가짜도 알지만, 가짜는 진짜도 모르고 가짜도 모르고 살고 있기에 그 의식이 죽어 있는 것이라. 내가 다니고 있는 곳에서 진짜가 되지 않으면 또 되어 있지 않으면 가짜가 아닌가.

    진짜가 되어 가고 진짜가 되는 곳만이 진짜일 것이다.

    인간의 완성은 가짜의 세계와 그 속 사는 나가 없으면 진짜의 세상에 다시 거듭나 사니 그때가 지금이나, 인간의 의식으로는 자기가 가진 관념 관습에 얽매여 진짜를 모르고 사니 사람은 다 죽어 있어도 죽은 줄을 모르고 살고 있는 것이라.

　모두 다가 꿈인 가짜의 세계에서 빠져나와 진짜가 되는 방법이 이 땅 이곳에서 났으니 모두가 진짜가 되어 살아 완전한 새 세상에 났으면 하는 마음에 이 글을 적었습니다.

　이 민족이 다른 나라에서 종교, 철학, 사상, 학문을 받아들였으나 참세상에서는 참의 세상의 것을 다른 나라 사람들이 배워 가고 참이 되는 이 방법이 세상의 으뜸이 되는 방법일 것입니다.

　대한민국 사람들이 모두가 진짜가 되어, 하나가 되어 참세상에서 진짜인(人)이 되어 사는 나라에 구경을 오고 또 세상 사람에게 참을 가르치는 지혜의 으뜸국이 되는 날이 오길 기대합니다. 대한민국 사람으로 태어난 것이 자랑스러운 것은 사진 속의 사람이 참사람이 되는 것입니다.

　참사람이 부지기수로 나와 그 사는 삶이 모두가 하나가 되어 참으로 살면 영원히 살 수가 있을 것입니다.

우 명

1부

이 세상은 이미 완성이 되어 있고
이 세상은 이미 깨쳐 있다.
인간만이 이 사진세계 속에 살고 있기에
죽어 있는 것이다.
- 본문 중에서

　　기독교에서는 인간에게 원죄와 자범죄가 있다고 하고, 불교에서
는 마음에 모든 것이 있어 그 마음이 가진 것을 업이라고 하였다.

　　또 각 종교에서는 마음을 닦으라, 비우라고 하지만 어떤 일을 하
려고 하다가 하지 않으면 마음을 비우고 닦는 것인 줄 알고 있다.

　　현재 자기가 살아가고 있는 것이 인간의 마음이다.

　　우리나라 말에 마음먹은 대로 산다는 말이 있다. 이 말은 음식
을 먹으면 필요한 영양분은 몸속에 남고 불필요한 것은 똥으로
나오듯이, 마음이란 그 속에 우리가 태어나 세상을 살면시 세상에
서 배운 것만큼, 또 경험한 그것이 자기가 되어 그것으로 사니 마
음먹은 대로 산다는 것이다.

　　마음이란 자기가 살아온 산 삶의 경험이 바탕이 되어 자기의
마음이 형성되는 것이다.

　　인간의 마음은 하나의 비디오테이프와 같은 것이다. 이 말은
사람은 태어나면서부터 허상 속인 비디오테이프의 삶을 살아왔
다. 왜냐하면 사람은 눈 코 귀 입 몸에 의하여 살아왔고 경험한 온
갖 사진을 다 찍어 자기 속에 다 입력하여 놓은 것이 자기가 되어

행하고 살아가고 있다.

　사람은 하나의 마음이라는 필름 속에 자기가 살아오면서 자기 고향도 찍어 놓고, 초등, 중등, 고등, 대학, 군 생활한 것과 또 결혼, 사회생활한 것 일체와 종교 생활한 것과 산 삶의 모두 다 자기의 마음속에 찍어 놓고, 또 앞으로 사는 삶도 보고, 듣고, 말하고, 냄새 맡고, 감각도 또 사진을 찍어 놓을 것이다.

　가령, 부산 해운대를 다녀오면 사람들은 누구나 자기의 마음속에 부산 해운대가 있을 것이다. 사람의 마음은 사진기와 똑같아서 이 사진기에 담긴 필름은 진짜가 아닌 가짜임에 틀림이 없다. 부산 해운대가 진짜이고 마음속에 있는 것은 가짜의 필름인 것이다.

　사람은 이 필름 속에 살고 있기에 각 종교에서도 마음을 닦으라, 비우라 하고 또 마음이 가난한 자는 복이 있나니 천국이 저희 것이라 했다. 이것은 어릴 때부터 자기가 살아온 것이 이 마음이란 필름 속에서 살아왔고 완전한 세상에서 한번도 살아보지 못한 것이 사람이라 이것이 죄이고 업인 것이다.

　내가 지금까지 살아온 것이 오늘도 내가 처음 간 곳이 있으면 봄과 동시에 사진을 찍어 놓고 나는 사진인 필름 속에서 있는 것이라. 오늘 살아온 것을 곰곰이 생각하여 보면 내 속에 있지 않는가.

　우리는 이 사진세계를 다 부수고 나와야 완성된 세상과 하나가 되어 살 수가 있는 것이다. 완전하신 창조주께서 창조하신 이 세상과 하나가 되어 거듭나면 인간이 완성될 수 있기에 닦고 비워야 하는 마음은 사진의 세계이다.

　이 세상은 이미 완성이 되어 있고 이 세상은 이미 깨쳐 있다.

　인간만이 이 사진세계 속에 살고 있기에 죽어 있는 것이다. 사람의 마음은 자기가 만든 비디오테이프와 같은 마음세계이다. 이것은 허상이고 거짓의 세상이요, 이것은 세상에서 볼 때 없는 세상이요, 이것에 살다 죽은 자는 영원히 없어질 것이다. 세상과 마음세계가 겹쳐져 있으니 사람은 세상에 사는 줄 착각하고 살아가고 있다.

　인간의 마음세계는 자기가 살아온 산 삶에 자기가 세상을 찍은 마음의 세계 속에 살고 있기에 사람은 완전하지 못하여 종교와 정신적인 곳을 찾아다니고 또 마음수련을 한다. 사람의 마음세계와 사람은 허다.

참과 허

세상 사람들에게 나는 참이 무엇이냐고 질문을 해본다. 또 허가 무엇인가를 질문을 해본다.

사람들은 참도 허도 제대로 대답을 하는 자가 없다.

참이란 진리이고 진짜이고 영원불변하고 살아 있는 존재가 참일 것이다. 그 존재가 이 세상에서는 천지 만물만상의 근원이고 창조주이신 하늘 이전의 하늘일 것이다.

하늘은 영원 이전에도 있었고 영원 이후에도 존재하는 참인 진리 자체인 창조주이시다. 이 하늘에서 하늘의 별 태양 달 지구가 나왔고 또 지구에 있는 만상만물과 사람 또한 이 하늘이 근원이어서 모두가 하늘서 나왔고 또 하늘일 것이다.

또 이 창조주이신 하늘이 천지만물을 낼 때 하늘과 하나가 되어 하늘의 나이만큼 영원히 살게 하였으나 인간의 죄업에 인간은 참의 존재가 못 되고 허가 되어 사람이 죽어 있어 기독교에서는 재림 예수님이 오셔서 구원하여 준다고 하였고 불교에서는 미륵 부처님이 오셔서 중생을 구원하여 준다고 하였다. 그래서 참이란 이 세상이다. 이 세상은 이미 완성이 되어 있고 깨쳐 있는 완전한 존재다.

내 입장이 대우주인 세상 입장에서 보면 완전 그 자체가 이 세상이다. 이 세상은 깨쳐 있으나 인간인 우리가 완성되지 못한 것은 사람은 세상 사는 줄 아나 세상에 살지 못하고 자기의 마음세계인 허상의 세계에 살고 있기에 인간은 완성이 되지 못하여 구원이 필요한 것이다.

인간이 허상의 세상에 살고 있는 이유는 이 세상과 겹쳐져 있는 비디오테이프와 같은 마음세계에 살고 있기에 그러하다.

인간 미음세계린 자기가 어릴 때부터 살아오넌서 눈으로 세상을 사진 찍고, 들은 것을 그 마음속에 사진을 찍고, 말한 것도 그 마음속에 사진을 찍고, 냄새 맡아 그 마음속에 사진을 찍고, 감촉으로 그 마음속에 사진을 찍어 세상을 복사한 마음의 세계가 있어 이 마음의 세계가 자기가 되어 사진인 이 허상 속에서 살고 있기에 참인 세상에서 보면 이 세계는 없는 세상인 허상의 세상이다.

참이란 세상이요 허란 인간인 것이 참인 세상을 복제한 마음속에 살아서 인간은 이 마음을 닦고 버리고 가난한 마음을 만들어야 세상인 천국에 갈 것이다.

천국과 지옥

사람들은 죽으면 흔히들 천국에 간다, 지옥에 간다고 한다. 천국은 무엇이고 지옥은 무엇인가. 또 사람이 죽어서 어떻게 되는지의 명확한 해답은 어디서도 마음이 증득되게 찾을 수가 없다.

창조주란 존재는 이 대우주 자체가 창조주의 존재다. 이 대우주는 이 세상을 원래 완전하게 창조하셨고 이 세상의 일체는 이미 완성이 되어 하나님 나라인 천국에 완전히 살아 있다.

창조주이신 우주 전체의 입장에서 보면 일체가 이미 다 깨쳐 있고, 다 살아 있는 진리인 참의 존재다. 이 세상에서 참인 진리인 이 존재는 이 우주의 주인인, 비물질적인 실체인 대 영과 혼이 존재한다. 이 자체는 물질이 아니고 비물질적인 실체이고 이 존재는 시작 이전에도 있었고 영원히 존재하는 진리다.

이 존재의 나라 안에 이 존재와 하나가 되어 나면 이곳이 천국인 것이다.

사람은 한 사람도 천국 가지 못하는 것은 자기의 죄업 때문이다. 사람이 어릴 때부터 지금까지 살아오면서 세상을 복사한 자기의 마음의 세상을 만들었고, 이것이 지옥이다. 세상이 참인데 허인 자기의 마음세계를 만들어 인간은 자기의 마음의 세계 속에 살고 있어, 자기가 가지고 있는 세계는 이 세계밖에 없어 인간은 죽으면 자기의 마음의 세계 속에서 죽고 만다.

세상에서 보면 허인 이 세상은 없어 없는 것이다. 그러나 허상인 이 세상은 허상 속에 살고 있는 자는 있다고 착각하나 꿈을 깨어 현실에서 보면 꿈은 없는 것이나 있듯이 이 허상세상도 꿈과 같아 없으나 있어 지옥이라고 한다. 인간은 모두가 이 지옥세계에 길 수밖에 없는 것이 참인 세상에 나지 못하여서라.

세상에 나려면 자기의 죄업을 다 사해야 날 수가 있고 허상인 자기 세상이 없어야 세상에 다시 날 수가 있는 것이라.

천국은 이 세상과 하나 된 자가 사는 나라요, 지옥은 세상을 사진 찍은 허상의 없는 세상이다.

살아 이 세상과 하나가 되어 세상 난 자는 영원히 살 것이다.

살아서
참이 되어야
천국 간다

우리는 흔히들 종교를 믿으면서 죽으면 천극락에 간다고 생각한다. 또 나쁜 짓을 한 자는 지옥에 간다고 생각한다. 그러나 천극락이 어딘지 지옥이 어딘지 알 자가 없다. 간단히 말하면 천국은 실인 참이 사는 나라요 지옥은 허이고 망상인 없는 나라다.

사람인 자기가 이 세상에 태어난 것은 기적 중 기적이다. 자기의 조상으로부터 또 자기의 부모로부터 그날 그 시에 조상도 부모도 수억 개의 정자 중 그 정자가 난자에 놓아졌으니 기적이 아니겠는가. 이렇게 기적적으로 태어난 자기는 이 땅에 태어나 이 땅의 나이만큼만 살다가 죽는 것이 아닐 것이다.

분명히 영원히 사는 방법도 있을 것이다. 사람이 영원히 사는 것은 진리로 화하지 않고는 살 수가 없는 것이다. 진리란 참이고 참이 되지 않고는 살 수가 없는 것이다.

살아 있을 때 참이 되고 살아 있을 때 천국 나 있지 않은 자가 천국 간다는 것은 이치에 맞지 않는 소리가 아닌가.

살아서 인간 완성인 참이 되려면 허인 자기가 다 없어져야 참이 될 것이다.

참이란 이 세상이고 허란 자기이기에 자기를 다 부수면, 다시 말하면 다 없애면 영원불변의 참이 나올 것이다.

살아서 이 참으로 거듭난 자만 참이라. 참 나라인 천극락에 영원히 살 것이다.

허로 죽으면 허가 될 뿐이고 허는 없는 것이다.

참만이 참을 만들 수 있다

참인 진리란 무엇인가. 진리는 만고불변의 우주의 만물만상이 생기기 이전의 자리가 진리인 본래의 참이다. 다시 말하면 이 우주에서 아무것도 없는 자리 이 자체가 만상의 부모요, 이 자체가 만상의 근원이다. 이 자체는 영원불변하는 진리의 본래 모습이다.

이 자체의 표상이 천지 만물만상이니 이것 또한 진리다. 그러나 사람은 이 자체와 등지고 이 자체의 모양을 자기 마음속에 사진 찍어 허상인 사진 속에 살아 허인 것이다.

그래서 사람은 살아계신 참을 볼 수가 없고 참의 뜻을 못 보고 못 들어 참을 모른다.

성경의 요지는 재림 예수님이 와서 구원을 한다고 되어 있다.

예수님만이 바로 이 참의 존재인 하나님과 하나 자체다.

기독교에서 말하는 예수님은 진리이신 참의 존재를 말한다. 예수님만이 구원할 수가 있다는 말은 이 참의 존재만이 구원을 할 수가 있다는 뜻이다. 사람은 죄 속에 갇혀 설령 참이 있어도 참이 사람 눈에 뜨이지 않는다.

그래서 분명히 재림 예수님은 그 때와 시는 아무도 모르고 도둑과 같이 온다고 했다.

아무리 세상에 참이 있어도 참이 되지 않는 자는 참을 볼 수도 없고 참은 보이지 않는다.

분명 참인 세상에 난 자만이 참을 알 것이다. 그러나 기독교인들은 이천 년 이전의 재림 예수님이 그 형상으로 오신다고 믿는 이가 많다. 형상은 어떻든 참인 자가 오면 그 존재가 예수님인 줄 알면 좋겠다.

불교에서는 미륵의 존재가 중생세상 와서 중생을 구원한다고 되어 있다. 말은 나르시만 같은 존재일 것이다. 이 존재는 분녕히 참인 진리의 존재일 것이다. 다시 말하면 인간의 구원은 참인 우주 이전의 우주의 주인이 와야 인간을 이 진리의 존재로 나게 할 수가 있을 것이다. 이 존재만이 허인 인간을 참사람이 되게 할 수가 있다.

진리는 만고의 대우주 자체다. 이 대우주의 정과 신이 또 영혼이, 몸 마음이, 성령과 성혼이, 보신불 법신불이 인간으로 와야 인간을 가르치고 구원을 할 것이다.

참은 참이 있어야 참 될 수가 있을 것이다.

참인 이 존재만이 허인 사람을 참으로 나게 할 수가 있다.

참깨가 있어야 참깨가 나올 수가 있듯이 인류가 완성이 되지 못한 것은 참깨가 없어 참깨가 나지 않은 이치와 같다.

참 존재만이 참을 만들 수가 있을 것이다.

그래서 참을 가르치어 참이 되게 할 것이다.

인간은 중생세계 사바세계 또 인간은 지옥세계 또 인간은 죄업의 세계에 산다.

이것은 사람이 세상에 살고 있는 줄 착각하고 살지만 이 세상에 살지 않고 자기의 마음이 만든 세계에 살아 세상과 하나가 되지 못하고 자기의 마음의 세계 속에 갇혀 사니 이것이 지옥, 중생, 사바, 죄업의 세계인 것이다.

자기가 만든 이 세계는 허인 없는 세계라. 이 세계는 허라 없애면 없어지는 허상의 세계라. 이 허를 없애고 또 없애면 참만이 남을 것이다.

그래서 허허가 다 부수어지면 참이 나올 것이고 참은 아무리 부수어도 그냥 존재하니, 허허를 부수면 참만 남으니 허허참인 것이다.

허를 참되게 하는 것이 구원이다

　재림 예수님이 세상에 오면 죄의 세상에서 마귀를 몰아내고 사람을 천국에 데리고 갈 것이다.

　인간의 죄가 무엇인가?

　인간의 죄는 참인 하나님이시고 예수님이신 대우주 자체인 세상을 등지고 이 세상을 자기화하려고 자기 마음속에 사진을 찍어 하나의 허상의 세상을 죽는 날까지 만들어 가는 것이다.

　우리의 조상도 허상의 세계 속에 다시 말하면 죄의 세상 속에서 살아서 우리는 원죄인 이 세상에 나면서부터 귀신인 허상이었다. 중생세계 사바세계도 마찬가지다.

　어릴 때부터 세상을 눈 코 귀 입 몸에 의하여 사진을 찍어 하나의 사진인 그림 속에 살고 있어도 사람은 세상 속에 사는 줄 착각하고 살아가고 있다.

　자기가 사진 속에 살고 있다는 증표는 오늘 아침부터 했던 행이 모두가 나의 마음속에 있지 않는가.

　또 내가 살아온 산 삶의 일체가 나의 마음속에 있지 않는가. 세상을 보고 듣고 말하고 냄새 맡고 감촉했던 것을 내 마음속에 다 사진을 찍어 입력하여 놓지 않았는가.

세상을 보면서 보는 순간 사진을 찍어 그 속에 살고 있지 않는가. 그 사진이 허요 그 사진 속에 살고 있는 나도 허라. 우리는 이 허의 세상인 중생, 사바, 죄의 세상에서 빠져나와 참세상에 나와야 이것이 구원인 것이다.

구원이란 허가 참이 되는 것이 구원이다.

죄 있는 세상에서 죄가 없는 참세상에 거듭나는 것이고 사바세계 중생세계에시 빠져나오는 깃이다. 사람은 허세상에 살고 있기에 참세상에 살게 하는 것이 구원인 것이다.

허를 참 되게 하는 것이 구원이다.

이
우주의
주인이 무엇인가

불교에서는 이 우주의 주인을 부처님이라고 부르고 기독교에서는 이 우주의 주인을 하나님이라고 부른다. 한얼님 사상인 우리 나라 에서는 한얼님이라고 부른다.

이 존재는 분명히 창조주일 것이고 이 존재는 분명 참인 존재일 것이고 전지전능한 존재일 것이다. 대우주에서 만상만물을 없애어 보라. 바로 이 존재가 천지 만물만상의 근원이고 또 주인이시고 또 창조주이신 참인 존재의 본래 모습이다.

이 존재는 몸 마음이 있어 만상의 몸 마음은 이 존재의 표상이다. 이 존재의 몸 마음을 일컬어 보신불 법신불이라 일컫고 성령 성혼(부) 또 정과 신이라 일컫는다.

이 존재는 비물질적 실체이고 이 존재는 살아계시는 참인 진리의 존재이고 전지전능 자체인 존재다. 이 존재는 만상의 어버이이고 근원이고 본래이고 주인이시고 이 존재는 시작 이전에도 계셨고 시작 이후에도 계시는 스스로 그냥 존재하는 완전한 존재이시라. 만상의 어버이는 이 존재다.

이 존재는 이 우주의 어느 곳이든 시공에 관계없이 존재하시고 만상만물은 이 존재가 창조하셨다.

물질이 아니어서 사람이 보지 못하고 사람의 마음인 의식이 허인 자기의 관념 관습을 다 부수고 이 존재에 귀의할 때 이 존재를 알 수가 있는 것이다. 우리도 세상 속에 살면서 허든 실이든 안다는 것은 마음속에 있는 것만큼 알고 말하고 산다. 그렇듯 이 존재가 자기 속에 있어야 이 존재를 알 수가 있는데 허인 자기의 관념의 세상을 다 부수고 없애면 실이고 참인 이 존재가 나 속에 있게 되어 알 수가 있는 것이다.

이 존재는 만고불변의 진리이신 영원불변하며 살아 있는 존재다. 우주의 만상이 없어져도 이 존재는 그냥 그대로 존재하고 이 존재는 물질이 아닌 비물질적 실체다. 진리는 만고에 이것밖에 없기에 이 존재로 다시 나지 않고는 사는 방법이 없다. 이 존재와 하나가 되어 거듭나면 이 존재의 나라에 영생불사신으로 살 것이다.

만상의 근원은 우주에서 만상을 없앤 그 자리이고 또 있는 만상도 이 자체라. 그 영혼이 영원히 살 것이고 사람도 이 자체의 몸 마음으로 다시 나면 영원히 살 것이다.

몸으로 영원히 사는가 마음으로 영원히 사는가

기독교의 어떤 종파에서는 전지전능한 하나님인 사람이 이 땅 이곳에서 이 몸으로 영원히 산다고 주장을 한다. 또 성경은 그렇게 되어 있다고 한다.

이 세상에 존재하는 모든 물질은 영원한 것이라고는 아무것도 없다. 지금 이 순간에도 하늘에서는 별이 없어지기도 하고 또다시 나기도 하지 않는가. 또 수명이 가장 긴 이 별들의 수명이 50억 년에서 140억 년이라고 한다. 그러고 보면 이 지구도 별이고 달도 태양도 마찬가지다. 이 지구는 언젠가는 없어질 것이다.

사람이 영원히 사는 것을 본 자가 있는가. 동물이 영원히 사는 것을 본 자가 있는가. 만상도 산천초목도 다 변하여 없어지는 것이 진리가 아닌가.

이 세상에 만상만물이 난 것은, 그 형체 자체가 영원히 사는 방법은 진리인 우주의 몸 마음으로 거듭나는 것이다. 그래야만 그 영과 혼이 우주의 참 존재의 나라에 영원히 살 수가 있는 것이다. 이 몸이 없어지는 것이 진리이고 진리가 된 우주의 몸 마음만이 영원히 살 수가 있다.

비물질적 실체인 창조주의 영과 혼으로 거듭난 자만이 영원히 살 수가 있을 것이다. 비물질적 실체인 참의 나라에 참과 하나가 된 자만이 참이어서 영원히 살 수가 있을 것이다.

참 영혼만이 영원히 산다.

사람은 참이 무엇인지 허가 무엇인지를 아는 자가 없다.

참이란 영원히 살아 있는 진리의 존재다. 이 존재가 하나님, 한얼님, 부처님, 알라, 창조주의 존재다. 우주를 다 없애어도 하늘에 하늘은 있지 않는가. 일체가 빈 하늘이지만 이 속에 일신이 존재한다. 빈 존재가 천지만상을 낸 우주의 몸이고 신은 천지 만물만상의 마음이다. 이 몸 마음이 진리이시고, 참이신 이 존재와 하나가 되지 않고는 사는 방법이 없다.

사람의 마음은 하나의 세상을 복사하여 복사한 마음인 그 속에 사람이 살고 있기에 각 종교에서는 마음을 닦으라, 비우라고 하는 것이라.

살아서 인간이 참으로 거듭나고, 살아서 인간이 진리인 참으로 다시 나지 않는 자가 살지 못하는 것은 일반 상식이다.

살아서 지금 진짜가 아니면 가짜가 아닌가. 가짜는 죽으면 가짜라 죽고 말 것이다. 진짜가 되려면 가짜인 자기가 다 죽으면 진짜로 거듭날 수가 있을 것이다.

다시 난다, 거듭난다는 것도 가짜가 다 죽어야 다시 나고 거듭나지 않겠는가. 가짜인 자기가 있는데 다시 나고 거듭나지는 않을 것이다.

사람은 살아서 진짜인 인간 완성이 된 자만 영원히 살 수가 있을 것이다. 살아서 영원불변한 진리인 참과 하나가 되어 다시 난 자만이 다시 난 참이기 때문에 죽음이 없을 것이 아닌가.

살아서 참인 진리가 된 자만이 영원히 사는 것은 상식이다.

죽으면 허는 없는 것이라 죽고 말 것이다.

사람들이 가진 종교에서는 서로가 자기 것이 맞다고 하고 다른 것은 다 이단이고 사이비라고 한다.

가짜는 진짜와 비슷해도 가짜요, 진짜를 이야기해도 가짜다.

진짜는 진짜가 되어 있어야 진짜다.

해외 각지에 다니다 보면 같은 종교끼리의 싸움이 너무 많다. 각 종교인들은 지혜가 없는 것 같다. 그러면 과연 무엇이 진짜인가. 자기가 진짜인 참인 진리가 되어 있지 않으면 다 가짜가 아닌가. 자기가 완성이 되어 있는가. 완성이 안 되어 있으면 가짜가 아닌가.

가짜가 진짜가 되려면 가짜인 자기의 몸 마음을 다 버리는 것이 진짜가 되는 방법이다.

예수님처럼 십자가에 못 박혀 자기를 다 없앤 자만이 진짜가 될 것이다. 불교에서 말하는 대반열반 무여열반 구경열반, 크게 남음이 없도록 허인 자기를 다 없애면, 죄를 또 업을 다 없애어 거듭날 수가 있다.

구원이란 가짜가 진짜가 되는 것이다.

지금 진짜가 되지 못하고 또 지금까지 진짜가 안 된 곳은 다 가짜가 아닌가.

진짜가 되는 방법은 가짜인 자기를 버리면 진짜만 남을 것이고 진짜로 다시 날 것이다.

진짜를 이야기하고 진짜같이 해도 진짜가 되지 않으면 다 가짜일 것이다.

지금 내가 완성이 안 되어 있으면 가짜가 아닌가.

정신 차려 생각해 볼 문제다.

사람이 불경 성경 코란 베디 등 세상에 있는 경진을 다 외워도 그 외우는 속에는 참이 없고 오로지 자기의 죄업을 사해야 참이 나와 참의 이치를 알 수 있을 것이다.

기독교에서는 예수님이 하나님의 아들이시고 또 하나님이시다라고 한다. 이것은 지당한 말씀이다. 또 예수님이 길이고 진리고 생명이시고 또 예수님을 통하지 않고는 아무도 천국 못 간다고 한다. 아주 지당한 말씀이다.

예수님은 참이시기에 참에 가는 것이 우리가 가야 할 길이고 참인 진리이시고 참인 생명이시다. 또 참이신 예수님, 다시 말하면 참이 되지 않고는 천국 못 가는 것도 지당한 말씀이다.

예수님이란 존재는 이 우주에 창조주이신 성령 성부의 화신이시라. 성령 성부 성자는 하나이신 것이라. 예수님처럼 이 창조주의 몸 마음이신 참인 성령 성부로 거듭나지 않고는 참이 될 수가 없다. 예수님을 믿어야 천국 간다는 말씀도, 참이시고 진리이신 예수님인 참을 믿어야 갈 수가 있다는 말이다.

사람들은 흔히들 자기 마음속에 예수님의 상을 두고 예수님을 믿고 있다고 생각하는 이가 많다.

천국에 가는 것의 전제는 참을 믿는 것이고 참이 되어야 천국에 가고 참만이 영생불멸하는 나라에 살 수 있지 않는가. 이것을 말로만 알 것이 아니고 자기가 예수님과 하나인 진리인 참이 된 자만 영원히 하나님 나라에 살 것이다.

예수님만이 참이시다.

예수님만이 진리이시다.

결국 참의 명칭이 예수님이시다. 성경 풀이를 할 때에도 예수님이 나오면 참으로 고쳐 풀면 바른 풀이가 될 것이다.

완전한 세상이란

완전하다는 것은 죽음이 없고 영원히 살아 있는 나라가 완전한 나라다.

이 세상이 완전한 하나가 되는 것은 사람들이 대자연의 마음으로 거듭나야 완전하게 되는 것이다. 다시 말하면 신인 우주심으로 다시 나야만 너나가 없고 모두가 하나가 되어 참으로 죽음이 없이 살아야 완전한 것이다.

사람이 생로병사로부터 해탈되는 것도 허상인 자기가 없어야 될 것이고 세상이 완전하나 사람의 마음에 의하여 세상과 하나가 되지 못하고 자기의 마음을 가지고 있어 완전하지 못한 것이라.

세상은 이미 완전하고 깨쳐 있고 완성이 되어 있다.

인간의 마음을 신인 대우주와 하나가 되게 하면 참세상에 거듭 나게 되니 이것이 완전한 세상이다.

　마음수련을 처음에 시작할 때 많은 사람들은 자기가 도를 이루어 자기가 잘나 보려고 하고 있는 것을 나는 보아왔다.

　참으로 성자가 되는 길은 멀고 먼 것이다. 또 부처가 되는 것이 쉽지가 않았고 참이 되는 것이 쉽지가 않았다.

　사람들은 자기의 마음세계인 마음속에 살고 있기에 허인 자기의 마음세계와 자기를 다 버려야 참이 나와 참만이 남으면 참이 될 것인데 자기와 자기의 마음의 세계는 버리지 않고 허인 자기가 무엇을 이루려고 하니 힘이 들고 또 중도에 포기하는 것이다.

　자기가 이루어야 하는데 자기가 이루지 못하는 것은 허가 이루려고 해도 허는 이루지 못한다. 또 허는 이루어도 허다.

　자기를 다 버리는 방법에 감사하고 허인 자기와 허의 세계를 버리기만 하면 참의 나라 나서 참이 될 수가 있다.

　이때까지의 세상에서 우리는 마음속에 무엇이든지 먹어만 왔다. 어릴 때부터 학교 교육도 그러했고 사회 나와서도 그 체계 속에 그 관념을 가지고 살고 마음을 먹기만 먹고 살아왔다. 앞으로의 세상은 허된 자기의 마음과 몸을 버리고 버리다 보면 참인 신의 존재가 되어 다시 나야 인간이 바르게 될 것이다.

마음수련은 자기의 마음의 세계와 자기를 버리는 것이다. 자기의 마음의 세계와 자기가 없으면 우주만 남을 것이 아닌가. 진리이고 완전한 이 우주의 몸 마음으로 거듭나야 인간이 완성될 것이다.

자기의 죄업은 많은데 그 죄와 업을 다 벗어던지는 것이 마음수련의 방법이고 또 마음수련이다.

자기가 이루려고 하는 자는 못 이루고 자기 것은 하나도 못 쓰니 벗어던지는 자는 이룰 수가 있다.

성경에도 보면 자기를 부인하고 나를 따르라, 죽으려고 하는 자는 살고 살려고 하는 자는 죽는다고 했다. 또 불경에도 완성의도는 죽는 것이고 남음이 없도록 죽어야 참세상이 있다고 했다. 이 말은 허인 자기를 다 버리면 참으로 다시 난다는 뜻이다.

수련을 못한 자는 허인 자기가 이루려고 하니 못 이룬 것이다.

　기독교에서는 재림 예수님이 하늘에서 천사들과 함께 나팔을 불면서 하늘구름을 타고 구세주가 오신다고 했고, 불교에서는 미륵이 사바세계 중생세계에 와서 중생을 구원해 준다고 했고, 증산 선생은 대두목이 온다고 했고, 소태산 선생도 미륵이 온다고 했다.

　서로가 말의 표현은 달라도 똑같은 예언이다.

　이것은 빈 허공이, 이 세상의 본래의 주인이 사람으로 온다는 이야기일 것이다.

　이 세상의 주인이란 천지 만물만상을 지은 주인이고 참인 진리의 존재다. 이 존재인, 이 우주의 근원인 정과 신의 존재가 세상에 와야 이 정과 신의 존재로 거듭날 수가 있는 것이 당연하다.

　천지 만물만상이 나오기 이전의 자리이고 천지 만물만상이 이곳으로부터 나왔기에 이 존재가 창조주이신 살아 있는 진리고 참의 존재다.

　이때까지 수많은 이가 노력하였지만 사람이 노력하여 참이 되지 못하는 것은 참이 아니기에 참을 모르고 참이 되는 방법이 없어서이다.

사람이 자기가 이루었다면 이루는 방법이 있었을 것이다. 이 세상에는 깨친 자와 성인이 많이 있었는 줄 아나 깨친 성인이 있었다면 그 방법이 있었을 것이다.

우리가 미완성이기에 종교와 다른 어디에서 완성이 되기 위하여 찾고 또 구하고 있다.

인간의 구원이란 각 종교에서 부르는 존재는 참이기에 그 존재처럼 허인 인간이 참이 되는 것이다.

우리 인류는 나라마다 그 나라의 법을 만들어 통치하고 산다.

공산주의는 인간이 통치하여 왔고, 자본주의는 자본이 인간을 통치하여 왔으나 인간을 편리하게 하려고 만든 법이 인간을 우리 속에 가두어, 인간을 법에 의하여 꼼짝 못하게 하는 폐단이 있다.

그래서 결국은 돈이 있고 권력이 있는 자는 살기가 좋지만 가난하고 힘없는 자는 살기가 힘이 든 것이다.

인간이 하나가 되어 사는 것은 자기의 관념 관습인 자기의 마음세계와 사기를 없애면 참인 신의 의식인 정과 신의 세계가 나온다. 나의 관념 관습은 오로지 나의 입장이고, 큰 신의 의식이 되어 살면 사람은 남을 위해 살 것이고 남이 부족함이 없을까 걱정하고 살 것이다. 자기만 위하여 살지 않으면 법이 없어도 될 것이고 세상은 바로 될 것이다.

인류는 자기의 허상의 마음세계를 부수고 참인 진리의 세상에 거듭나는 것이 우리가 되어 부딪침이 없고 신명나게 살 수가 있는 것이다.

사람은 마음에 가지면 고통이요 안 가짐의 진정한 자유로 살 때 하나가 되고 또 세상에는 웃음이 지속될 것이다.

　싸움이 없고
　너나가 없고
　서로가 서로를 돕고
　나보다 남이 잘되게 하고
　너의 나라 나의 나라가 아닌 우리 모두가 하나가 될 때
　진정한 인간의 삶의 가치가 있을 것이다.
　인류가 나아갈 길은 모두가 회개하는 길이다.

　회개란 세상과 일치하지 않는 사람의 마음을 세상과 하나가 되게 하는 것이 회개다. 다시 말하면 신이신 하나님의 몸과 마음으로 다시 나는 것이 회개다. 인간이 세상과 하나가 될 때 인간은 종교 사상 철학 학문 모두가 하나인 참에서 나와서 모두가 하나가 되고 모두가 참이 되어 하나인 세상이 될 것이다.

흔히들 말세는 세상이 없어지는 줄 알고 있다.

말세에 많은 사람들이 죽고 종교를 믿는 자는 안 죽는다고 했다.

그러나 그 참뜻을 모르니 이 말세로 인하여 그 시기를 예언한 자가 수없이 많았으나 그 날짜가 적중된 적은 한 번도 없었다. 세상이 뒤집어져 사람이 다 죽고 믿는 자만 천국 가는 그런 말세는 앞으로 없을 것이다.

성경이나 불경, 기타 경의 풀이도 허인 인간이 멋대로 해석하니 그런 것이다. 또 어떤 종교는 인간이 휴거가 되어 하늘나라 간다고 야단법석을 떨다 내외신 기자들이 오백여 명 있는 가운데 그 휴거는 오지 않았다.

말세의 참뜻은 인간의 허인 세상에 사는 것이 종말이 오고, 인간이 참인 세상에 참으로 다시 나 사는 것이고 휴거란 사람의 마음인 의식이 자기의 마음세계에 있다가 참인 대우주의 마음이고 의식인 이 자체로 거듭난 자가 하늘에 휴거가 된 것이라.

불경이나 성경이나 기타의 경은 모두가 비유법인데 또는 참이지만 참에서 풀지 못하고 자기들의 관념 관습에서 풀고 있으니 기독교 불교 기타 종교도 수많은 종파가 생겨난 것이다.

말세는 허가 참 되는 때이고 구원의 때이다.

허가 참이 되지 않으면 허인 세상과 허인 자기가 없어지는 것이다. 이것이 사람들이 말하는 말세이고 죽음인 것이다.

허란 세상과 함께 살아왔던 수많은 것을 마음속에 간직한 사람의 마음인 사진세계다.

사진세계인 이 세상은 없어지고 참인 세상에 다시 나는 것이다. 인간은 참인 세상을 아는 자가 없고 또 허의 세상도 아는 자가 없어 말세의 참뜻도 모르고 두려워하고 산다.

인간은 어리석기가 그지없기에 자기가 하고 있는 것과 자기의 거짓 사고만 맞다고 생각하고 산다.

종교 기타 사상에 빠진 자들은 모두가 다른 것도 수용하여 바른 것을 찾아야 할 것이다.

지금 진리인 참이 안 되어 있으면 참이 아니지 않는가. 참이 안 된 자가 맞다고 하는 것은 어불성설이다.

다시 말하면 참이 되어 참인 경을 참으로 해석하고 바른 뜻을 알고 바른 참이 되어야 하지 않겠는가.

이것이 말세에 우리가 사는 방법이 아니겠는가.

참이 되는 방법이 세상에 있지 않나 큰 눈으로 봐야 한다. 말세를 우리는 당하지 않아야 한다.

참 지혜란

우리는 흔히들 사람이 세상 살면서 지혜가 없다고도 하고 지혜가 있다고도 한다.

또 솔로몬의 이야기 중에서, 생화와 조화 중 창문을 열어 벌이 날아들게 해 생화를 알아맞히는 이야기와 서로 생모라고 싸우는 두 여성 중 갓난아기의 생모를 찾아주는 지혜의 이야기가 있다.

사람은 자기의 관념 관습의 자기가 만든 허의 마음세계 속에 살고 있기에 사람은 참 지혜라는 것이 아예 없는 것이다.

참 지혜란 바른 세상의 이치를 아는 것이 지혜다.

우리는 전지전능한 하나님이라고 한다. 천지만상은 하나님에 의하여 창조가 되었으니 전능하시고 우주의 이치 자체이니 전지이시다. 인간은 자기가 보고 듣고 배운 관념 관습 속에서 이야기를 할 뿐이지 신이신 대우주의 입장에서 보면 맞는 것이 하나도 없다.

우리가 자기의 입장에서 보면 그것은 지혜가 아닌 허일 뿐이고 신이신 우주 전체의 입장에서 보면 그것이 참이 될 것이다.

사람의 정신이 개체의 정신에서 대우주의 정신으로 보면 세상의 이치를 다 알 것이다.

인간이 어디서 와서

왜 살고

어디를 가는가.

　이것에 대한 해답도 자기 입장에서 이야기하면 맞을 리가 없다.

　자기가 가진 종교관에서 사진 찍은 것과 책에 있는 것 또 말 들었던 것을 이야기할 것이다. 그러나 세상인 신이신 우주는 이것을 너무나 잘 알 수가 있다.

　인간이 온 곳은 세상에서 왔고, 사는 이유와 목적은 완성이 되어 영원히 살기 위하여 왔을 것이고 또 죽으면 자기의 마음속 사는 자 허상인 지옥에 살 것이고 참인 세상 난 자는 세상 살 것이다.

　가령 인간이 어떤 상태이어야 영원히 살 수가 있는가.

　이야기의 답을 들으면 쉽지만 이것도 대답하기가 사람은 힘이 든다. 참인 세상 입장에서 보면, 다시 말하면 세상 정신이 되어 보면 진리인 참이면 영원히 살 것이고 참 아닌 허인 인간은 죽을 것이다. 그러기에 우리는 종교나 기타 단체에 다닌다.

그러나 참이 안 되어 있으면 다 허가 아닌가.

인간이 어떻게 해야 완성이 되는가. 세상에서 보면 자기의 허의 세상과 허인 자기를 없애면 참이 될 것이다.

개체의 정신이 신의 정신으로 거듭나야 참 지혜가 있을 것이다. 신으로 거듭난 자만 세상의 이치를 알고 바름을 아는 지혜가 있을 것이다.

사 람 은 아 는 것 이
아 무 것 도 없 고
말 하 고 행 하 는 것 이
다 허 다

우리는 어릴 때부터 가정과 동리, 학교, 사회 생활하면서 자기의 마음이 형성되고 맞고 안 맞고와 좋고 나쁘고 또 선악의 기준이 자기 속에 있다.

근원적으로 사람은 세상의 일체를 자기가 살아오면서 자기 속에 사진을 찍어 세상에 있었던 흘러간 추억의 그림을 사진으로 간직하고 그 사진이 말하고 또 행하니 허인 것이다.

사람이 아는 것이란 사진이 보고 말하니 그것이 허인 것이고 아는 것이 아무것도 없는 것이다.

참으로 아는 것이란 사람이 허가 아닌 참이 되어 살아 있는 신이 될 때 참으로 아는 것이고, 이것이 아는 것이다.

완전함에는 아는 것이 일체 끊어졌으나 살아 있는 지혜 자체이어서 아는 것이다. 그러나 허인 인간은 일체를 허가 말하고 사니 아는 것이 없다는 것이다.

예를 들어 성경 불경 기타의 참을 다 외워 아는 것은 자기가 그 경을 사진을 찍어 그것을 말하고 있으니 그것이 허인 것이다. 아무리 유식하고 성인군자의 말을 하고 행을 하는 척해도 자기 속에 참이 없으면 다 허인 것이다.

그래서 인간은 참으로 아는 것이 하나도 없는 사진을 가지고 말하고 행하고 사니 허인 것이다.

참이 된 자가 말하고 행하는 것은 모두가 다 참인 것이다.

　사람은 이유도 뜻도 모르고 세상에 나서 인간이 근본적으로 알아야 하는 생의 가치관과 또 사람이 죽으면 어디로 가고 인간이 과연 영생할 수가 있는지, 또 천극락은 참으로 있는 것인지, 또 이 세상의 이치를 하나도 모르다가 저세상 간다.

　가령 우리가 개나 새나 또 다른 짐승이라고 가정하면, 그 개와 새 다른 짐승의 사고밖에 하지 못하고 인간의 뜻을 모르듯 인간이 세상 나면서부터 자기의 세계를 사진 찍어 하나의 허인 세계를 어릴 때부터 살아왔기에 허인 시진세계인 그림 속에 살고 있는 줄 인간은 모르고 산다. 오로지 입력된 허상의 사진이 자기가 되어 자기가 하고 있는 것은 맞고 다른 사람이 하는 것은 다 틀렸다고 생각하고 인간은 살기에 자기중심적인 삶을 살아가고 있는 것이라.

　이 천지의 조화에 천지만상이 나고 이 천지는 원래 완전하나 이 천지를 외면하고 천지도 복사하여 살아 인간세상과 인간은 맞는 것이 하나도 없는 것이다.

　오늘 하루 산 것도 한번 생각하여 보면 하루 종일 내 마음속에 사진을 찍고 나는 그 속에 있어서 참인 세상에 없지 않았는가.

　가령 사진세계에 살지 않고 세상 사는 사람은 세상 마음으로 사니 완전하여 사진이 찍히지 않는 법이라.

　오늘 하루 종일 일을 했다고 가정하면 일반 사람은 일한 것이 내 마음속에 있고, 참세상 난 자는 같은 일을 해도 한 바가 없는 것은 사진의 세계가 없어서이다.

　이 세상의 정신과 하나 되어 세상에 살지 않고 우리는 이유도 뜻도 모르고 죄와 악의 세상에서는, 다시 말하면 하나님의 세상을 등지고 자기 속에 하나님의 세상을 사진 찍어 그 속에 사는 세상에서는 맞는 것, 옳은 것이 하나도 없는 것이다.

성경에 보면 '마음으로 지은 죄도 죄다'라는 말씀이 있다.

양심이고 선심이고 착한 마음은 신의 마음이고 인간의 마음은 죄인 악의 마음이다.

인간의 마음은 가지는 마음인 고로 세상을 복사하여 또 세상에 있었던 것을 복사하여 자기의 마음을 만든 것이다. 이 속에서 자기가 마음으로 자기의 관념 관습을 만드니 이것이 죄라는 뜻이다.

다시 말하면 자기의 입장에 맞으면 맞고 자기의 입장에 맞지 않으면 맞지 않다고 하고 이것은 나쁘고 저것은 착하다 또 그가 가진 마음이 망념이어서 망념이 망념을 낳아 하나의 자기가 된다. 이것이 죄인 것이다.

한날한시에 태어난 쌍둥이도 그 마음이 다르고 부모, 형제, 처자도 마음이 서로 다르니 우리는 부딪히는 것이다. 정치도 그 마음이 다르니 서로 싸움하는 것이다.

가지는 인간 마음을 버리면 신이 남는다.

신의 마음은 죄를 넘어선 자리고 죄라는 것이 없어 다시 말하면 인간의 관념 관습이 없어 죄가 없는 것이다.

인간 마음은 가지는 마음이 있어 죄가 있고 신의 마음은 가지
는 마음이 없고 가진 마음이 없어 죄가 없다.

불경에 보면 일체유심조라는 말이 있다. 이 말도 인간 망념에
서 수만 가지의 마음이 나오고 신의 마음은 천지조화에 의하여
천지의 만물만상이 난다.

　우리들은 흔히들 귀신 이야기를 많이 해왔고 또 귀신을 두려워한다. 귀신이란 허상이 있는 것처럼 생각하는 것이 귀신이다.

　인간은 이 세상을 살면서 세상에 사는 것이 아닌 자기의 마음의 세계인 허상세계 속에 살고 있어 허상세계에 살고 있는 인간은 허상이 아닌가.

　허상인 인간이 살아 있다고 생각을 하고 또 살았다 죽었다 하고 살고, 옳다 그르다, 죄다 죄가 아니다 하고 사나 그것은 자기의 허상인 마음속에 있기에 실상이 아니라시 귀신인 것이다.

　사람의 마음은 조석으로 바뀌어 아침에 약속한 사람이 저녁이면 바뀌는 경우가 참으로 많다.

　이렇게 인간의 마음은 자기중심적인 사진세계에서 사진이 살고 있기에 허상이라. 사람은 의인이 아무도 없다고 예수님은 말씀하셨다. 의인이라고 하면 옳고 바른 사람인데 인간 모두가 허상이라 참이 아니어서 바른 사람이 없는 것이다.

　이 세상에는 부모 형제 처자 부부지간 또 친구끼리도 바른 사람이 아무도 없다. 또 믿을 자도 아무도 없다.

결국은 모두가 자기 위하여 삶을 살고 자기 관념에 살기에 자기중심적인 삶을 산다. 귀신이고 허상인 인간이 신인 참사람으로 거듭날 때 인간은 참이 되어 서로 믿고 하나가 되어 살 것이다.

사람은 허상인 참세상에 없는 존재이기에 사람이 귀신인 것이다.

세상이
완성되려면

　불교에서는 언젠가는 이 땅 이곳이 불국토가 된다고 했고 기독교에서는 하늘에서 이루어진 것과 같이 이 땅 이곳에도 이루어지게 하여 달라고 기도해왔다. 이 말들은 세상이 완성되는 하나이고 완전한 진리인 참의 세상을 의미한다. 이 천지는 완성되어 있다.

　인간만이 자기의 마음세계 속에서 죽어 있기에 인간이 구원되면 이 땅 이곳이 불국토요, 이 땅 이곳이 하늘에서 이루어진 것과 같이 땅에서도 이루어질 것이다. 다시 말하면 완전하고 참인 세상이 될 것이다. 세상이 완성되려면 인간은 자기의 마음세계인 허인 없는 세계에서 빠져나와 참인 세상에 나와야 할 것이다. 무덤 속인 마음의 세계는 세상을 사진 찍어 가진 마음의 세계라. 이 세계는 지옥이고 죽음의 세계라. 이 세상으로부터 참인 진리의 세상으로 다시 나는 것만이 세상이 완성될 것이다.

　세상이 완성되려면 다시 말하면 완성이란 다 이루어진 것이고 또 영원히 죽지 않아야 완성인 것이라. 이 세상은 바로 세상이나 인간은 세상 속 살고 있지 않아 인간 완성은 거짓인 자기와 마음세계가 없으면 세상에 다시 난다.

그대는 죽으면 어디 가는지 아는가

　수많은 사람들은 이 세상 태어난 이유도 뜻도 모르고 살다가 저세상에 간다. 예로부터 이 세상에 살다가 간 사람은 무수히 많다. 이것에 대한 명확한 해답은 죽어봐야 저승을 알 것인데 죽어본 자가 또한 없다.

　성경 불경은 착한 사람은 천극락에 간다고 이야기했고 나쁜 사람은 지옥에 간다고 했다. 인간이 이 세상에 살다가 누구나 죽게되지만 이것이 두려운 자는 종교 등에서 자기가 위안을 얻고 또 믿고 있지만, 정녕 가는 곳을 확신하는 자는 드물고 없을 것이다. 예로부터 뜻있는 자는 이것에 대하여 연구 노력 했지만 이것에 대한 명확한 해답을 아는 인간은 없다.

　사람이 이 세상에 살 때는 음식을 먹어 그 밥의 에너지로 살지만 이 몸이 없어지면 어떻게 되는가. 인간에게는 이 해답이 없다. 이 사실은 창조주인 대우주인 진리고 참인 하늘만이 알 것이다.

　그러면 우리가 대우주의 하늘 입장에서 한번 생각하여 보자. 지구상에 사는 많은 사람들은 죽으면 어디로 갔고 가는가. 사람들은 자기의 마음의 세계인 세상과 겹쳐져 살아온 하나의 허상인 사진 속에 산 사람은 그 자기의 마음세계밖에 없기에 이 세계로 갈 것이고 세상과 하나가 된 자는 세상에 나 살 것이다. 우리가 보고 듣고 말하고 냄새 맡는 것은 마음이 하기에 사람이 없어져도 참의 세상에 난 자는 죽음이 없고 참이어서 영원히 살 것이다.

세상을 복제한 허상에 사는 사람은 우주인 하늘 입장에서 보면 없는 세계인 고로 없는 세계에 사는 사람은 없는 것일 것이나.

지옥은 있되 없고 없되 있는 것이라. 지옥은 없는 것이다. 자기가 만든 없는 세계에 있는 자만 스스로 갇혀 살아 지옥이고 자기의 마음에 가진 만큼 살듯이 자기 마음에 허상인 세계를 가지고 산다고 착각하고 있을 것이다. 사람이 죽으면 누구나 할 것 없이 지옥인 죽음 자체다. 살아서 단지 진리로 거듭난 자만 진리나라에서 영원히 살 것이다. 살아서 영생이 되어야 하고 천국을 가야 한다.

흔히들 사람들은 천극락과 지옥을 죽어 가는 줄 아나 지금 사는 것이 모든 사람들은 지옥에 살고 있기에 천극락을 모른다. 천극락 난 자만이 지옥과 천극락을 알 것이다. 이 세상에서 자기만 없어지면 신인 완전한 세계에 거듭날 수가 있다. 우리나라 말에 죽어봐야 저승을 안다는 말이 있듯이 사람은 살아서 다 죽어봐야 저승을 알 것이고 다 죽은 자만이 참으로 다시 나 영생할 것이다. 다시 난다, 거듭난다는 말은 죽어야 다시 나고 거듭날 수가 있지 않는가.

자기를 가진 자는 죽으면 죽고 마는 지옥에 가기에 사람이 살았을 때 죽은 자가 없기에 다 지옥 간다. 이 세상 사람은 누구나 할 것 없이 죽어 거듭 다시 나지 않았고 참이 아니기에 다 지옥 간다.

많은 사람들이 윤회에 관하여 많은 질문을 해온다. 이 세상은 원래가 창조주가 참이기에 완전한 창조주가 창조하여 완전하다. 우리가 불완전하기에 각 종교와 여러 곳을 찾아 완전하여지려고 노력한다.

윤회란 불완전한 사람의 마음세계에 불완전한 마음이 수만 가지가 있으니 윤회인 것이다. 사람이 죽으면 허상의 세상을 사진 찍은 자기의 마음세계 속에서 그 안에서만 돌고 도니 윤회하는 것이다. 인간의 마음이 수십 가지이니 이것으로 저것으로 자기가 지은 세계 안에서 갇혀 돌고 도니 이것이 윤회인 것이다. 참에서 보면 이 허상은 없는 것이어서 허상 속에 살고 있으니 없는 것이다.

사람이 이 윤회로부터 벗어나는 것은 이 윤회를 하는 허상이고 지옥인 자기의 지은 마음의 세계를 다 부수고 참인 세상에 다시 나는 것이다. 참세상에 난 자는 윤회가 없고 참세상 난 자는 영생불멸의 신의 존재라 자유고 해탈하여 영원히 살 것이다.

허마음 본마음

    사람들은 세상 살면서 자기의 마음속에 수많은 사연과 세상을 사진 찍어 마음만 먹어왔다. 다시 말하면 마음속에 가지기만 가졌고 또 집어넣었다.

    완성이란 사진세계의 일체가 없고 우주의 사진이 없어 정과 신으로 다시 나면 번뇌 망상이 없고 그냥 살고 그냥 있다. 일체의 아는 것이 끊어진 자리이고 더 알 것도, 궁금한 것도 없고 항시 우주인 신의 마음이라 시비 분별이 없다. 살아 있는 신의 정신이라 지혜 자체이고, 살아 있되 일체로부터 해탈하여 한마음 자체다.

기독교에서는 재림 예수님이 오시기를 기다리고 있고 불교에서는 미륵이 오시기를 기다리고 있다. 기독교나 불교에서 기다리는 존재는 세상을 구원하는 구세주일 것이다. 이 존재는 완전한 진리인 존재로 참인 진짜의 존재일 것이다. 그러나 기독교나 불교에서 기다리는 자기들의 관념에서 생각하는 그런 존재는 영원히 기다려도 오지 않을 것이다. 그 옛날 형상의 예수님이 또 미륵이 오는 것이 아니고 참인 존재가 오면 그 존재가 사람을 진짜가 되게 하니 구세주일 것이다.

사람이 진짜인 참을 알 수가 없는 것은 사람은 자기의 마음세계 속에 살아 진짜가 없기에 진짜가 아무리 와도 알 수가 없다. 산 자인 진짜가 된 자만이 진짜를 알 수가 있는 법이다. 성경에도 있듯이 예수님인 진짜가 오셔도 아무도 모르는 것은 사람은 허라 참이 없기에 참을 모른다.

흔히들 자기의 관념 관습에서 참을 찾으려고 하나 참은 인간의 관념 속에는 없기에 인간은 참을 모른다. 진짜가 된 자만 진짜를 알 것이다. 산 자는 산 자를 알고 죽은 자도 안다. 진짜만 진짜를 알고 가짜도 안다. 참된 자만 참을 알 수가 있다. 참인 세상 난 자만 세상의 이치를 알 것이다. 사람이 세상 사는 줄 알고 있으나 세상이 아닌 자기의 마음속에 살고 있기에 사람이 세상에 나야만이 천지의 이치를 알 수가 있는 법이라.

　많은 사람들은 지옥과 천극락이 어디에 있고, 있는지 없는지를 궁금하게 생각한다.

　사람이 죽으면 어떻게 되나. 누구나가 한번쯤은 생각해 본다. 그러나 이것에 대한 명확한 해답은 없고 막연히 자기가 가진 종교에서 믿으면 천국 간다라든지 업장소멸을 하면, 또 좋은 일을 하면 천국 가는 줄 알고 있다.

　인간은 이 세상에 태어나면서부터 지옥세게에서 다시 말하면 없는 사진세계에서 살고 있다. 인간은 눈, 코, 귀, 입, 몸에 의하여 자기가 보고, 냄새 맡고, 듣고, 말하고, 몸에 감촉이 있었던 것, 또 경험한 것인 세상의 일체의 것을 자기 마음의 세계에 복사하여 다 찍어 놓고 사람은 자기의 마음의 세계 속에 살고 있다. 세상을 또 세상 것을 자기의 마음세계 속에 다 집어넣고 세상과 겹쳐져 있으니 사람은 세상 사는 줄 착각하고 살고 있다. 사람의 마음은 하나의 비디오테이프를 제작하였듯이 세상을, 또 세상의 것을 자기 마음속에 그대로 복제하여 사람은 이 세계에 살고 있기에 인간은 죄인이고 또 인간은 업을 가지고 사는 것이다.

허상인 이 세상에 있다가 죽으면 이 사진의 세계 속으로 가는 것이 지옥인 것이다. 자기의 업 따라 인연 따라 간다고 불교에서는 말한다. 이 말은 자기가 지은 허상의 세계 속에 가서 실이 아니라 허라 죽고 마는 것이 지옥이다.

우리가 꾸는 꿈도 없는 것이지만 있듯이 지옥도 실인 세상에서 보면 없지만, 또 꿈처럼 있는 것이다. 이 지옥인 자기 마음의 세계와 자기를 다 없애서 참인 세상에 나야 이것이 천극락인 것이다.

하나님이 창조한 이 세상은 이미 다 완성이 되어 있고 이 세상은 이미 깨쳐 있다는 말은 이 세상은 완성 그 자체로 영원히 살아 있다는 말이다. 그러나 인간이 자기의 죄업인 자기 마음속에 갇혀 살아 참인 이 세상에 나지 못하니 인간이 살아 천국에 가는 방법은 자기의 죄업을 살아서 다 소멸하면 영원히 죽지 않는 하늘나라인 세상에 다시 날 것이다. 지옥은 자기의 마음세계인 허상인 사진의 세계요 이것은 세상에는 없는 세계다. 천국은 참인 이 세상이다.

　성경에는 천국 가기가 낙타가 바늘구멍을 통과하는 것과 같다
고 비유했다. 이 말은 천국 가기가 인간은 거의 불가능하다는 이야
기다. 또 마음이 가난한 자는 복이 있나니 천국이 저희 것이라고 했
다. 이 말은 가난하다는 것은 없다는 이야기이고 마음이 없으면 거
기가 진짜이고 참인 하나님인 예수님의 나라인 것이다. 그래서 각
종교에서는 마음을 닦으라, 비우라고 하는 것이다. 타 종교와 기독
교의 이야기는 하나이다.

　마음이 없어야 천극락을 간다. 인간의 마음은 하나님인 세상을
등지고 하나님 것인 세상을 복제하여 하나의 자기의 비디오테이프
속에서 살고 있기에 이것이 인간의 죄업인 것이다. 그래서 인간은
죄인이고 또 업을 가지고 있는 것이다. 이 죄인 허상인 비디오테이
프 속의 세계와 자기를 다 없애면 실상세계인 세상 나서 세상과 하
나가 될 것이다. 인간이 살아서 진리인 세상에 다시 날 때 인간은
천국 나는 것이다. 살아서 진짜가 안 된 자가 죽어서 진짜가 사는
나라인 천국에 간다는 것은 어불성설이 아닌가. 또 가짜는 죽고 없
어짐이 당연할 것이다. 진짜만이 진짜나라 살 것이다.

믿으면 천국 간다의 바른 뜻

　기독교에서는 예수님을 믿어야 천국 간다는 이야기를 하고 예수님을 믿기만 하면 천국 간다는 이야기를 한다. 참 지당한 이야기다. 예수님만 진짜인 진리이시기에 진리를 믿어야 천국 가는 전제가 되는 것이고, 참인 진리만 믿기만 하면 천국에 갈 수가 있다는 이야기다.

　믿음이란 하나가 될 때 믿어지는 것이다. 참이 예수님이신 고로 참을 믿고 참을 따르다가 보면 참의 나라인 예수님의 나라에 갈 수가 있는 것이다. 참을 믿지 않고는 천국에 갈 수가 없는 것이다. 참을 믿어서 참이 되어야 천국에 갈 수가 있는 것이다. 다시 말하면 진짜를 믿어서 진짜가 되어야 진짜나라에 갈 수가 있다.

　사람들은 한 사람도 진짜세계에 살고 있는 사람이 없다. 무한대의 대우주의 하늘이 본래이시고 근원이신 창조주이시다. 이 창조주는 대 영과 혼으로 되어 있다. 다시 말하면 몸과 마음이 있으시다. 이 존재는 시작 이전에도 계셨고 세상이 끝나도 계시는 진리 그 자체이시고 천지 만물만상의 어버이이시고 천지 만물만상을 창조하신 창조주이시다.

　이 존재는 완전하시어 이 세상에 난 것은 모두가 이 존재의 자식이기에 다 살게 하시고 또 완전하게 창조하셨으나 인간이 이 창조주를 등지고 창조주의 세계와 창조주의 것을 복제하여 자기의 마음속에 복제의 세상을 가지고 있으니 인간만이 마음의 세계가 있어 가짜인 것이다. 인간이 완성되어 있다면 우리는 종교나 기타의 단체가 필요가 없을 것이다.

　진짜는 세상이다. 세상은 이미 완성이 되어 있고 세상은 이미 깨쳐 있다. 우리의 마음이 살아계신 대우주 자체의 몸 마음으로 다시 날 때 이 자체는 신이시라 죽음이 없고 지혜라 세상의 이치를 다 알 것이다.

  허란 인간이고 참이란 세상이다. 인간은 자기의 마음세계인 허상의 세계에 살 것이 아니고 참인 세상에 나야 할 것이다.

천국은 자기의 죄업을
자기가 다 소멸해야
갈 수가 있다

인간은 태어나면서부터 세상과 세상의 것을 사진 찍는 마음을 가지고 태어났다. 우리의 부모도 조상도 모두 다가 세상을 사진 찍은 허상 속에 살다가 갔다. 그러기에 태어나면서부터 그 마음이 사진 찍어 가진 하나의 필름과 같다. 이것은 그 필름 속의 각본에 의하여 그만큼 말하고 행하고 산다.

그러나 사진이 실이 아니듯 이것은 모두 다가 허다. 사람의 마음 그 자체가 죄요 업이다. 이 사진의 세계와 사진인 자기를 다 없애지 않고는 천국인 세상에 나오지 못한다.

자기 개체의 마음의 세계가 없고 자기가 없으면 참세상은 있지 않는가. 참세상에 거듭 다시 나려면 자기와 자기의 마음의 세계가 없으면 다시 날 수가 있다. 자기와 자기의 마음세계가 일체 없으면 참세상이 나올 것이다.

언제 어디서든 항시 진리인 하늘의 정신과 하나가 되었을 때 하늘에 날 것이고 하늘의 진리의 에너지와 신인 영과 혼으로 100% 완전히 나야 한다. 살아서 하늘나라에 나야만 하늘나라에 갈 수가 있다.

진리라야 진리를 되게 할 수 있다

세상에서 참의 원래 존재는 천지 만물만상이 있기 이전의 자리인 빈 하늘이 본래의 참이고 또 참에서 나온 천지 만물만상도 참이다. 본래 참의 존재는 물질이 아닌 영과 혼이다. 이 비물질적 실체는 전지전능하여 이 세상을 창조한 것이다.

각 종교에서는 재림 예수님이 오신다, 또 미륵불이 온다고 했다. 언젠가는 이 참의 존재가 사람으로 왔을 때 인간도 참이 될 수가 있을 것이다. 콩이 있어야 콩이 나오고 쌀이 있어야 쌀이 나오듯이 참이 있어야 참이 나올 것이다. 진리인 참의 존재가 세상에왔을 때 인간은 참이 될 수가 있다. 사람이 허가 무엇인지 참이 무엇인지를 모르는 것은 허 속에서 살고 있기에 자기 의식이 죽어있어 모른다. 참의 존재가 있어야 참을 만들 수가 있고 허인 사람이 참이 될 수가 있다.

우리 마음수련회는 허를 참으로 만드는 곳이다. 가짜인 자기를 다버리고 진짜인 우주의 몸 마음으로 다시 나는 것이다. 구원도 허가 참 되는 것이고 다시 나고 거듭나는 것도 이 참의 세상 사람만이 되게 할 수가 있을 것이다. 또 참의 세상 사람만이 참세상으로 데리고 갈 것이다. 이유는 인간세상에는 참이 없어서이다.

지혜란 무엇인가

　허상인 인간세상에서 흔히들 사람들은 술수를 잘 쓰는 사람을 지혜가 있다고 한다. 그러나 그것은 지혜가 아니고 인간세상에 사는 하나의 방법일 따름이다. 사람은 말하고 행동하는 것이 자기가 만든 마음의 세계인 사진세계 속에 있기에 모두가 실이 아니라 하는 언행이 모두 다 허다. 아무리 성인군자의 이야기를 하고 행동을 성인군자인 척해도 사진이 하기에 가짜이고 허인 것이다.

　지혜란 참의 이치를 아는 것이 지혜다. 허상 속에서 아무리 유창한 말과 설교 설법을 잘해도 그것은 참이 아닌 허인 것이다. 지혜란 오직 참이신 창조주만이 지혜가 있다. 사람도 사람의 마음과 몸이 우주의 참인 몸 마음으로 다시 나면 지혜 그 자체가 된다. 개인의 관념 관습서 보는 것을 우주의 입장에서 봐야 참일 것이다.

　참 지혜는 신인 우주의 입장이 되어, 다시 말하면 우주의 신의 정신이 되어 세상의 이치를 아는 것이 지혜다. 성경, 불경, 기타 경은 모두가 우주의 정신에서 이야기한 참이기에 사람은 이 참이 없기에 사람은 경을 바로 해석하지도 못하고 경의 바른 뜻을 모른다. 전체인 또 신이신 우주의 정신만이 지혜가 있고 세상의 이치를 다 알 것이다.

어떤 사람이 '저는 왜 지혜가 안 나오느냐'고 했다. 나는 지혜의 자리에 들지 못하고 나지 못해 지혜가 안 나온다고 했다. 자기의 마음 세계 속에 있으면서 사람은 지혜를 바라나, 지혜를 찾는 사람이 다 죽고 없을 때 진정한 지혜가 나올 것이다.

세속의 우리나라 말에 "허허참, 기가 막혀"라는 말이 있다.

허허참이란 허허를 다 없애면 참이 나올 것이다. 우리는 허상세계인 이 세상에 살면서 더하기 공부만 하여왔다. 다시 말하면 세상 살면서 보고, 듣고, 말하고, 냄새 맡고 살아오면서 온갖 것을, 세상을 다 가지려는 마음을 먹으며 살아왔으니 지금의 나가 되지 않았는가.

더하기를 하는 것에는 끝이 없고 더하면 더할수록 허인 사진만 더 가져 고통 짐만 가질 뿐이다. 허허를 없애고 없애다 보면 끝에는 참만이 남을 것이다. 허는 허이기에 없애고 없애다 보면 없어지지만 참은 참이기에 아무리 없애도 그냥 있는 것이다.

참은 가장 나중에 남는 것이 참이라.
허를 다 지운 자가 참인 자라.

사람이 완전한 진짜이면 이 세상에는 종교도, 또 진짜가 되기 위하여 노력하는 곳도 없을 것이다. 또 재림 예수님이나 미륵을 기다리지도 않을 것이다.

인간의 죄는 성경에는 아담과 이브가 선악과를 따먹고부터 있었다고 한다. 이 말은 선악이라는 과일이 있는 것이 아니고 인간의 마음속에 이것은 선이고 이것은 악이다라는 그 마음을 심어 그것을 마음에 넣으니 그것이 마음에 따먹은 것이고 죄인 것이다. 인간은 인간 개체가 전체인 대창조주를 배신하고 세상의 온갖 것을 미음에 따먹어 죄 속에 살고 있고 그 죄 속에서 죽어 있는 것이다.

우주의 한때에 인간이 미완성일 때에 인간이 많이 번성하고 인간이 미완성일 때 인류는 욕심 때문에 문명이 많이 발전했는지도 모른다. 흔히들 하나님은 원래 완전하신데 인간을 왜 완전하게 하지 않았느냐는 질문을 많이 한다. 이 세상에 인간이 사는 시기에 인간의 삶을 미완성으로 인간을 많이 낳게 하여 이 세상에 난 인간을 많이 구원하려는 하늘의 뜻 아닌 뜻일 것이다. 인류가 원래부터 완성이 되어 있었다면 인류는 없어졌을지도 모른다.

하늘은 말이 없지만 하늘의 뜻에 세상이 되어지는 법이다. 언젠가는 하늘이 사람으로 나와야 구원이 될 수가 있을 것이다. 인간을 구원하려면 즉, 죄의 세계로부터 벗어나 참의 세계에 나게 하려면 참세상 사람이 와야 하지 않겠는가. 인간이 인간의 뜻에 살고 있는 줄 아나 창조주이신 우주는 어김없이 뜻도 계획도 없지만 진리인 세상에서 참사람이 와서 구원하게 할 것이다.

이것이 빈틈이 없는 우주의 뜻 아닌 뜻일 것이다. 우주는 인간을 많이 번성한 뒤, 또 한때에 많은 인간을 구원할 것이다.

인간의 구원은 허가 참이 되는 것이다.

참인 존재만이 참으로 만들어 구원을 하여 줄 것이다. 왜 구원해야 하느냐 하면 허이기 때문에 참으로 만들어주어야 하기 때문이다. 이것은 참의 몫이기 때문이다.

2부

미완성의 시대는 인간의 마음에
더하기만 하던 시대였지만
완성의 시대는
인간 마음의 빼기를 하는 시대다.
- 본문 중에서

도란 말 그대로 길이다.

도를 한다는 말은 길을 가는 것이고 목적지가 참에 다다르는 것일 것이다. 예수님께서 '나는 길이요 진리요 생명이다'라고 하신 것도 이 '나'는 참이다. '참에 가는 것이 길이고, 참이 진리고, 참이 생명이다'라는 뜻이다.

이 세상에는 모양이 생겨진 대로 놓여진 대로가 완전함인 진리 자체라. 그 자체가 도인 것이다.

사람들은 도를 하여 남보다 비범히여 보려고 한다. 다시 말하면 병도 고치고 또 날기도 하고 일반인보다 더 잘나기를 바라고 있다. 그러나 병은 병원의 의사가 고치고 약이 고치고, 또 사람은 날개가 없어 못 날듯이 인간은 그냥 걷고 밥 먹고 망상을 부리지 않고 세상의 순리에 그냥 사는 것이 도다. 우리는 무엇을 자꾸 얻고 가지는 것만이 습이 되어 살아가고 있으나 가지는 것에는 고통 짐만이 있을 뿐이다. 무엇을 가지고 얻으려고 하는 자는 그 마음만큼 빙의가 될 것이고 또 도를 이룰 수가 없다.

허가 참이 되기 위해서는 허를 다 없애야 하는데 허인 귀신이 죽지 않고 이루려고 하면 결국 귀신이 아닌가. 허인 귀신을 다 버리고 참인 진리로 다시 나는 것이 도다. 이렇게 난 자는 가장 평범하고 아는 것이 없고 아는 소리를 하지 않고 귀신세계의 이야기도 않고 그냥 살 것이다.

그냥 산다는 것은 우주심 자체로 잠잘 때 잠자고, 밥 먹을 때 밥 먹고, 허인 마음이 없어 참만이 있어 참 행하고 살 것이다. 참 행은 우주심과 하나가 되어 우주심 안에서 하는 행은 일체가 참이다.

도는 평범한 것이고 이 세상이고 이 세상과 하나가 되어 사는 것이 도다. 세상은 보는 대로 있는 대로다.

세상은 보는 대로
있는 대로다

　세상의 많은 사람들은 세상에는 희귀한 능력을 가진 인간이 있어 하늘을 날고 물 위로 걷고 축지법을 써 수만 리 가고 또 기타의 능력을 행하는 줄 알고 있다. 또 인간은 그 망상이 많아 구름을 타고 사람이 오는 줄 알고 있고 또 옛날에 죽은 자가 하늘 살다가 온다고 망상하기도 한다. 인간만이 자기의 마음에 망념을 가지고 있어 그런 망념을 하고 사는 것이다.

　이 세상은 보는 대로 있는 대로가 진리다. 인간이 날개가 없어 날지를 못하고 또 능력도 없고 기적도 못 부린다. 이 세상에 놓여진 대로 자연의 순리에 의하여 모든 것이 살고 죽고 하지만 우주의 영혼으로 난 자는 참인 우주의 나라에서 영원토록 살 것이다.

　세상에 참 기적은 가짜를 진짜로 만드는 것이 진짜 기적이다. 만든 일체와 있는 일체는 인연에 의해 있고 만들어진 것이다. 그냥 생겨진 그 자체는 생겨진 대로 그 모양 따라 그냥 살 것이다. 조건에 살 것이다.

　도는 무엇을 얻는 것도 능력을 구하는 것도 아닌 자기를 없애어 그냥 있는 우주를 아는 것이고 우주가 살아 있는 것을 아는 것이다. 그 진리로 난 자만이 기적이니 능력이니, 또 맞지도 않는 아는 체하는 소리를 하지 않을 것이다.

부정에서 긍정으로

우리 인간의 마음은 부정의 마음이다. 자기중심적으로 만든 마음이다. 자기밖에 모르니 그 마음 밖의 이야기는 다 부정적이다. 자기의 마음 안에 있는 것은 맞는 것이고 자기의 마음 밖에 있는 것은 맞지 않는 것이라. 인간 마음은 부정적이라. 일체를 인정 수용하지 못하고 자기 것만 맞다고 하는 것이라.

가령 무슨 일을 한다고 하더라도 안 된다는 부정적인 마음으로 일을 하면 그 일이 될 수가 없듯이 긍정적인 된다는 마음으로 하면 일이 잘될 것이다. 매사에 부정적인 사람은 인간의 세상에서도 성공할 수가 없는 것이라. 부정적인 자는 그 마음이 작아서이고 긍정적인 자는 마음이 큰 자라.

설령 자기에게 욕하고 잘못을 이야기하는 자가 있어도 그것을 인정하는 자는 마음에 상처가 없을 것이나, 그것을 인정하지 않고 자기 잘못을 이야기했다고 원수로 생각하고 있으면 그것이 자기 마음에 상처가 되어 있지 않겠는가. 인정하지 못하는 그 마음은 영원히 가지고 가야 하지 않는가.

　자기의 마음이 없는 자는 다시 말하면 우주심이 된 자는 긍정적인 마음이 있을 것이다. 세상에는 모두가 자기가 잘나 사니 이것 또한 남의 것이 인정 수용이 되지 않는 긍정적인 신인 우주심이 없어서이다.

　세상의 입장에서 보면 참인 이 세상에 있는 수만 가지가 모두가 제 나름대로의 삶 살고 이것저것에 개의치 않고 그냥 있듯이 이것저것을 다 수용하고 있지 않는가. 참인 세상은 이것저것에도 속하지 않고 그냥 살지 않는가.

　그냥 있는 세상의 마음이 되어 살면 모두가 긍정적인 마음이 될 것이다. 하나인 마음이라 부딪침이 없을 것이다. 모두가 웃음이 끊이지 않을 것이다. 모두 다가 부정에서 긍정이 되면 보다 더 잘살 수가 있을 것이다.

　　이 천지가 창조가 된 이유와 목적은 이 천지의 모든 것을 창조주이신 우주의 심인 몸 마음으로 모두 다가 영생불사신으로 나게 하였으나 인간이 자기의 마음속에 갇혀 죽어 있어 이것의 본래의 뜻을 모르고 살아왔어라.

　　인간은 세상에는 없는 존재인 자기의 마음속에 갇혀 죽어 있어라. 세상과 하나가 되어 세상의 입장에서 보면 이 세상은 완전한 신의 나라이고 만상만물은 또한 신이라.

　　이 세상에 사람이 없다고 가정하여 보면 인간이 없는 세상은 의미와 뜻이 없을 것이다. 인간이 없는 세상은 세상이 있으나 마나 할 것이다. 이 인간이 자기 마음속으로부터 세상에 다시 나는 것만이 이보다 더 나아갈 길이 없기에 이것만이 인간이 완성되는 참세상에 나는 구원인 것이다.

　　사람은 세상에 사는 줄 착각하고 살고 있지만 사람은 세상 살고 있지 않기에 자기의 마음을 닦아 세상에 나야 하는 것이다. 이 것이 없음에서 있음으로 다시 나는 것이다.

　　인간이 이 세상 나서 칠십 평생만 살다가 간다면 무슨 의미와 뜻이 있겠는가. 없음에서 있음으로 다시 나는 것만이 구원일 것이다. 이 세상에서 배우고 사는 것은 모두가 허상인 귀신의 세상에 살고 있기에 자기의 세상 밖에 나와야만이 실인 참세상에서 본래의 창조주와 하나가 되어 영원불사신이 되어 살 것이다. 본래 세상과 하나가 되어 세상의 이치인 순리로 살 것이다. 신명의 나라에 살아 신명이 날 것이다. 없다가 살아 있으면 마음에 기쁨이 가득할 것이고 그 마음이 정말로 감사하고 살 것이다. 사는 것도 감사하고 이런저런 일에도 감사할 것이다.

본래이신 창조주의 모습은 없지만 있는 만상은 창조주이자 창조주의 자식이라. 이 천지를 창조한 창조주는 없음에서 있음으로, 조건인 인에 의하여 과인 있음으로, 자연의 조화인 순리로 세상을 창조하셨듯이 인간도 순리로 살아갈 것이다.

인간이 구원되어야 천지도 인간과 더불어 살 것이다.

세상에 있는 것은 있는 것이고
세상에 없는 것은 없는 것이다

이 세상에는 수많은 것이 있다. 옛날에 코끼리나 기린이나 원숭이가 없는 우리나라에서 이 짐승들의 이야기를 하면 못 보았으나 있다고 믿는 자도 있고 없다고 생각하는 자도 있었을 것이다.

예언서에는 앞으로는 지혜가 밝아서 앉아서도 만 리를 본다고 했듯이 우리는 텔레비전으로 세상에 있는 것을 앉아서 수만 리를 보고 안다. 이 세상에는 세상의 본래이신 창조주께서는 순리에 의하여 천지만물을 창조하셨다. 또 인간이 동식물의 번식을 도와서 많이 번식하게 했다.

우리나라 이야기에 보면 별순이 달순이 이야기와 우렁각시, 천년 묵은 여우 처녀와 수많은 이야기가 있고 각 종교에서는 하늘나라에 간 이야기와 또 선도에서도 하늘에 올라간 이야기가 있다.

이것들을 해석을 잘못하면 액면 그대로 받아들여진다. 바름인 참세상에 나서 보면 이것을 바로 해석할 수 있으나 인간 마음에 갇혀 있는 자는 성경이고 불경이고 이런 말들이 해석이 되지 않는다. 모든 경은 인간 개체의 입장이 아닌 세상 입장에서 보고 이야기한 것이다. 세상과 하나가 되어 보면 세상의 이치와 진실과

거짓을 알 수가 있고 참의 일체의 것을 알 수가 있다.

　이 세상은 보는 대로 있는 대로이고 허상세계를 가진 자는 보는 대로 있는 대로의 세상을 못 보고 자기의 허상세계를 가진 만큼 말하고 생각하고 행하고 산다. 이 세상에 있어야 있는 것이지 이 세상에 없는 것은, 사람이 만든 마음에 있는 것은 없는 것이다. 세상을 바로 보는 것도 인간이 세상의 마음과 하나일 때다.

거듭난다, 다시 난다는
죽어야 거듭나고
다시 날 수가 있다

　종교에서는 흔히들 성령으로 거듭났다고도 하나 얼마 있지 않아 거듭난 것 같지 않다고 하는 경우를 자주 본다. 거듭나고 다시 나는 것은 자기의 죄업인 마음과 몸을 다 버렸을 때 거듭나고 다시 나는 것이다.

　흔히들 아는 소리를 하는 자들은 참으로 거듭 다시 난 것이 아니고 허인 사진세계인 자기 마음세계의 귀신인 것이기에 세상에서 가장 불쌍한 죽은 자다. 살아서 허상인 자기의 망념세계에 난 자이다. 거짓인 이것의 노예로 사는 자이고 그 영혼은 세상에 없는 세계에서 영원히 죽고 없어지는 것이다.

　자기가 만든 허상의 세계를 다 없애면 또 자기를 없애야만 참으로 다시 나고 거듭날 수가 있다.

사람의 죄란

　사람의 죄란 허상 속에 있음이고, 인간 관념 관습 속에 있는 죄는 그 속에 있는 자는 죄가 있지만 일체를 벗어난 자는 죄가 없는 것이라. 죄도 업도 벗어난 자리가 도의 자리라. 인간세상에 모든 것을 벗어난 자리가 도의 자리고 참의 자리라. 자기의 관념과 자기의 관습을 다 버리고 자기마저 없는 자리가 참인 진리의 자리라. 일체로부터 벗어나 자유고 해탈이고 해방된 자리라.

　창조주는 비물질적 실체가 본래인 우주의 영과 혼이다. 우주에 천지 만물만상이 나오기 이전의 자리는 형체가 없는 우주의 영혼이다. 이 자리는 형체가 없지만 살아 있는 존재다. 천지 만물만상은 여기서 나왔고 또 이곳으로 간다. 이 존재는 우주 자체에 스스로 존재하는 존재이고 그냥 있는 존재다. 이 존재는 모양은 없으나 살아 존재하고 또 천지 만물만상의 근원이고 창조주다. 서울을 가봐야 서울을 알 수가 있듯이 이 자체가 된 자만 이 자체를 알 수가 있다.

　일체가 없는 자리가 우주의 몸이고 없는 가운데 일신이 존재한다. 이 존재가 우주의 영과 혼이다. 이 일체가 없는 영과 혼을 부처님 하느님 하나님 알라라 종교에서는 일컫는다. 하나의 영과 혼을 보신불 법신불이라 일컫고 성령 성부라 일컫고 이 자리가 만상만물의 근원이고 창조주인 것이라. 천지 만물만상은 이 자리로부터 나온 것이고 천지 만물만상은 이 자체의 표현인 것이라. 일체는 조건에 나고 조건에 살다가 가는 것이라. 이것이 인과의 법칙이라. 인이 있어 과가 있는 것은 자연의 법칙이라.

세상과 세상에 있었던 것은 모두가 내 마음속에 사진 찍었구나. 나는 사진인 허상 속에 살았구나. 세상과 내 마음이 겹쳐져 있어 세상 사는 줄 알았구나.

사람들은 무엇이 바름인 진리고 참인지 알지를 못한다. 사람들은 자기가 경험하고 보고 듣고 배운 것에 자기의 관념에 맞는 것은 맞는다고 하고 틀린 것은 틀린다고 한다. 서로 관점의 차이이다. 사람의 생애는 맞는 것이라고는 하나도 없다. 말하고 듣고 행하는 것은 실이 아닌 허가 하기 때문이다. 자기 마음이라는 테이프 속에 그림이 담겨 그 그림이 말하고 듣고 행하는 것이기 때문이다.

바름이란 진리고 참인 세상이디. 세상과 하나가 된 사, 다시 말하면 세상의 마음이 되어 다시 난 자가 바른 자이고 우주의 정신으로 난 자라. 영생불멸하는 존재라 죽음이 없을 것이다. 인간 완성인 참인 진리로 나지 않은 자는 죽고 말 것이다.

허상세계인 자기 마음의 귀신세계에 사는 자는 일반 세상 사람이나, 하늘 천신이니 하늘서 왔다느니 또 아는 소리 하는 자는 그 영혼이 허상에 살아서 났기에 영원히 지옥세계에 살 것이다. 자기의 주인이 망념인 그 허상이라 죽고 말 것이다. 꿈같은 허상은 없는 것이고 실이 아니라 죽음인 것이라. 실만이 살 것이다.

요사이 사람들은 도가 무엇을 행하고 또 아는 소리를 하는 것인 줄 알고 있으나 진짜 도는 귀신 씨나락 까먹는 소리 하는 것이 아니다. 하늘서 온다는 것도 하늘의 정신인 하늘과 하나가 되어 온 것이고, 자기의 망념에서 보이는 자기 상이 온 것은 하늘서 온 것이 아니다. 그것은 자기의 허상인 망념의 마음의 세계에서 온 것이다. 사람은 어리석어 자기를 다 버리면 참인 우주의 몸 마음으로 다시 날 텐데 이 단계는 이루기 힘이 드니 허상세계로 빠지는 수가 있다. 이것들은 역천 행위를 하여 역천자들이 하는 도다. 우주의 정신으로 알아야 지혜이고, 자기 속의 상이 말하여 아는 소리 하는 것은 도가 아닌 최저급 귀신의 소리다. 모두가 도에 이르지 못함이고 자기 욕심의 발로다.

자기 마음세계에서 허상을 보고 아는 소리를 하는 세상의 많은 이들은 진실로 회개하여야 할 것이다. 자기의 영혼을 팔아먹은 자들이다. 영원히 죽고 말 것이고 영원히 지옥고를 받을 것이다.

우리는 예로부터 인간의 교육을 하여왔다.

우리나라의 옛 교육은 인성교육인 성인들의 말씀을 외우고 또 행하려고 노력하여 온 것이다. 근세에 와서는 전문화 교육을 하고 있다.

그래서 전인교육을 말로는 하지만 교육에서 전인에 관한 정의와 또 전인이 되는 방법이 없어 제대로 되지 않는다.

중국에서 전인은 지인용智仁勇이라고 했다. 지혜, 덕성, 용기를 갖추어야 전인이라고 하여 우리는 이 말을 지덕체로 바꾸어 학교에서 사용하기도 했다.

참 전인은 참인 사람이 되어야 하고 온전하고 완전한 사람은 진짜 사람이 되어야 하는데 지금의 세상에는 교육도 많이 하고 교육기관도 많지만 참 전인교육을 하는 곳은 아무 곳도 없다.

세상은 너의 나라 나의 나라가 있고 또 빈부가 있고 잘난 자 못난 자가 있고 서로를 믿지 못하고 하나가 되지 못한 세상에 우리는 살고 있다.

무엇보다도 교육의 일선에서 우리 교육자가 전인이 되어야 하고 전인교육이 먼저가 되어야 바른 교육이 될 것이다.

다시 말하면 먼저 참 인간이 되고 전문적인 공부를 하면 세상은 밝아지고 또 사람이 세상 나서 사는 이유와 목적과 인생관과 가치관을 알고 남을 위하여 살면 신명 나는 삶을 살 것이다.

우리가 자기만 위하여 살아왔지만 이룬 것이 무엇이고 한 것이 무엇인가 한번 생각해 볼 문제다.

부끄럽지 않은 교육자가 되려면 자기부터 먼저 완성이 되고 동료나 가족과 또 학생들을 전인이 되게 해야 되지 않겠는가.

인간이 진짜가 되는 것은 인간의 마음의 세계와 그 마음속에 살고 있는 가짜인 자기를 다 버리면 진짜만 남아 진짜인 완전한 사람으로 다시 날 것이다.

완전하다는 것은 죽음이 없어야 하고 참인 진리 자체로 거듭날 때 누구나가 성인이 될 수가 있습니다. 유일하게 전인교육 기관이 마음 수련회에 있으니 교육자님들은 이곳에 전념하여 세상을 밝히는 데 힘 쓰시기를 바랍니다.

그래야만이 우리와 우리 후손의 세상은 밝아지고 세상은 하나가 되고 모두가 신명이 나는 삶을 살고 인간의 진정한 인생관과 가치관 을 알고 살 수가 있을 것입니다.

우 명

인간이 이루고 인간이 해야 할 것

무엇을 얻으려

무엇을 찾으려

무엇을 구하려

무엇을 가지려 하는가.

인간의 삶은 처음부터 부질없는 허상이라 얻고 가지고 먹고 할 것이 없다. 인간의 삶은 그 마음속에 살고 있기에 세상 사는 모든 이는 의인이 없고 누구나가 가짐의 마음으로 수많은 헛것만 가지고 있으니 인간은 그 헛것 속에서 허기가 져서 고통과 짐을 지고 살고 있지 않는가.

인간이 이루고 인간이 해야 할 것은 과연 무엇인가.

그 짐을 벗고 세상에 다시 나 살면 참 인간이라 또 의인이라 죽음이 없고 살 것이라. 잘살고 못사는 것도 자기의 뜻이 아니라 그 먹은 마음 따라 있는 것이나 다 부질이 없고, 참 되어 참세상 일하고 사는 것만이 인간의 완성이라 인간이 해야 할 일이고 인간이 인간답게 사는 것이라. 말없이 세월은 그냥 있으나 인간 생에는 세월이 있구나.

마음의 세계에는 과거 현재 미래가 없다. 성경에 보면 '공중에 나는 새를 보라, 들에 핀 들국화를 보라' 하였다.

이 말씀은 자연은 또 자연 속에 사는 동물들은 과거도 없고 미래에 관한 생각도 없으니 그냥 살 것이다라는 말이다.

사람들은 미래에 관하여 과거의 마음이 있으니 걱정을 하며 사나 지금 먹고살고 있으면 참인 진리나라에 사는 사람은 미래를 걱정하지 않아도 살 수가 있다는 이야기다. 하늘이 다 이루어 놓았기에 현재 자기가 먹고살고 있으면 되지 굳이 미래까지 걱정하지 않아도 된다는 이야기다.

현재 열심히 일하고 있으면 되지 없는 미래까지 삶의 걱정을 하는 것은 그림 속에 사는 사람이 하는 것이라. 사람이 허상 속 살아 허인 귀신이기에 허인 귀신은 자기밖에 모르기에 자기의 안위를 위하여 다시 말하면 자기 몸을 위하여 걱정하고 사나 참인 진리나라 난 자는 자기의 몸을 다 바쳐 참세상에 일하고 살 것이다.

지금 먹고살고 있으면 되었지 굳이 미래를 걱정하지 말고 열심히 일만 하면 되는 것이다. 대자연의 모든 것은 그냥 살아가듯이 인간도 걱정하지 말고 자연처럼 대자연의 일원이 되어 그냥 살라는 것이다.

천
도
란

우리 마음수련회에서 공부를 하는 것은 살아서 진짜인 참의 나라 가기 위한 방법이다. 불교에서 말하는 예수제를 지내는 것이요 자기를 진짜인 나라에 보내는 것이다. 살아서 자기를 진리인 참의 나라에 천도식하는 것이 마음수련이다.

종교나 무당이나 여러 단체에서도 천도식을 많이 하고 있다. 천도를 하는 자가 가지고 있는 세계에 보내질 것이다. 그 사람이 진짜이면 진짜나라 보낼 것이고 가짜이면 가짜나라에 보낼 것이다.

지금 자기가 진짜가 안 되어 있으면 다니는 곳이 가짜일 것이다. 산 사람을 진짜로 만들지 못하는 곳에는 천도도 가짜일 것이다. 진짜만이 진짜나라에 보낼 수가 있을 것이다.

마음수련회는 산 사람을 진짜로 만들고 있고 죽은 자의 천도도 진짜나라에 보내는 것은 진짜만이 할 수가 있는 것이다.

마음수련이 종교냐고 많은 사람들이 묻는다

이때까지의 종교란 성인들의 말씀을 말하고 듣고 또 그 말씀대로 행하려고 했다. 사람이 미완성이라 완성된 자들의 이야기를 듣는 곳이 종교인 것이다. 또 말씀을 믿고 따르는 것이 종교다. 그러나 중요한 것은 인간이 완성이 되는 방법이 구체적으로 없어 완성이 되지 못하고 있다.

완성이란 진짜가 되어 영생불사신이 되는 것이 완성이 되는 것이다. 다시 말하면 영원히 죽지 않아야 완성인 것이다. 이 세상에는 참이란 대우주의 영혼이 영원 이전에도 있었고 지금도 영원 이후에도 살아계시는 창조주의 존재다.

이 세상에 난 일체는 모두가 진짜라 이미 깨쳐 있고 하나님의 나라에 완성이 되어 있어 죽음이 없으나 인간만이 죽어 있어, 인간의 몸 마음은 허상인 사진 속에 살고 있기에 허상인 인간의 몸 마음을 버리고 진짜인 영원불사신이신 우주의 몸 마음으로 바꾸자는 것이 마음수련회의 궁극적인 목적이다.

이것만이 진짜가 되는 방법이고 이것만이 참인 것이다. 종교라는 것도 자기 마음속에 있는 것이다. 참 정신은 자기의 관념 관습을 벗어난 자기의 것이 일체 없는 신인 우주와 하나가 될 때 우리는 종교를 넘어선 완전한 존재가 될 것이다.

마음수련회는 종교를 넘어간 참인 신의 자식으로 거듭나는 곳이다. 마음수련회는 가짜인 인간의 몸 마음으로는 영원히 못 사니 그것을 버리고 영원불변의 진리인 안 죽는 우주의 몸 마음으로 다시 나자는 것이다. 미완성에 종교가 있지만 누구나 완성이 되면 종교가 없는 것이다.

대자유인이 되는 것이 마음수련이다. 마음수련은 가짜인 인간의 몸 마음을 버리고 진짜인 우주의 몸 마음인 진리의 몸 마음으로 다시 나니 종교를 넘어선 인간 완성자가 되는 곳이다. 참세상의 주인이 되는 곳이다.

인간이 나아갈 길

이 세상 사람들은 자기가 잘 먹고 몸 편히 잘살기를 바라고 사는 것이 지금 살아가고 있는 사람들의 마음이다. 그래서 지금의 사람들은 그것을 목적으로 살아가지만 가면 갈수록 허무와 좌절만이 있고 무거운 고통 짐만 있을 따름이다.

사람은 자기가 경험한 삶을 자기의 마음속에 넣고 살고 있기에 그것으로 인하여 없는 과거까지 가지고 살아 자기에게 세상을 맞추려고 하니 고통 짐을 지고 사는 것이다. 이것이 천지를 등진 하나의 역적 행위이고, 자기 세계에 천지의 것을 복사하여 인간이 없는 세상에 살아가고 있고 자기 취향에 천지를 또 세상 것을 맞추려니 힘이 드는 것이다.

인간이 세상에 사는 줄 아나 자기가 만든 마음속인 세상의 것을 사진 찍어 그 속에 살고 있으니 자기 관념 관습에 살아 사는 삶 자체가 이미 거짓이고 이미 없는 사진이라 인간은 참세상에 살지 못하고 있는 것이다. 그래서 인간은 가짜의 정치, 가짜의 삶, 가짜의 학문, 가짜의 종교를 믿고 또 따른다.

인간의 삶이 바른 것은 자기 입장에서 세상을 보느냐 또 세상의 입장에서 보느냐의 차이이다. 인간이 세상 살면서도 없는 것은 참세상에는 없어 없는 것이다. 참세상에 있는 것은 있는 것이고 참세상에 없는 것은 없는 것이다. 이 세상이 참이나 이 세상에 살고 있지 않고 없는 세상인 허상의 사진 속에 살고 있기에 인간은 허상인 귀신인 것이다.

인간은 사진의 세계를 부수고 참인 이 세상에 다시 나야 의인이 되는 것이다. 이 세상에 나야 사진세계의 허상의 이야기가 아닌 참의 이야기를 할 것이다. 세상에 부딪힘이 없는 순리의 삶을 살 것이다. 나가 없고 세상과 세상 인人과 어우러져 살 것이다.

이것만이 해원상생이 되고 이것만이 원수를 사랑하고 이것만이 대지혜 가지고 이것만이 대해탈하고 이것만이 대자유이고 이것만이 완전한 세상에서 살 것이다.

인간은 왜
허상인가

세상에는 참과 허가 있다. 참이란 세상이고 인간은 허다. 왜냐하면, 인간은 세상과 겹쳐진 자기의 마음속에 살고 있기에 세상 사는 줄 착각하지만 세상 아닌 자기의 마음의 세계인 허상세계에 살고 있기에 사는 세계도 허상이요, 그 속 사는 인간도 허인 것이다.

세상은 그냥 있으나 자기의 마음의 세계는 없는 것이라 허이듯, 지금 내가 살아 있다고 생각하는 것은 허인 귀신의 생각이다. 그곳은 없는 세상이다.

또 자기도 없다. 참인 세상에서는 아무리 없애도 없어지지 않지만 허는 없애면 없어지니 참에서 보면 없는 것이다. 참에서 다시 나야 없어지지 않는다.

마음수련회가 창시가 된 지가 어언 10년이 넘었다. 마음수련회는 별다른 어려움이 없이 눈부신 발전을 하여왔다. 수많은 경전이 말한 대로 마음을 닦고 비우고 또 마음을 가난하게 하는 것을 마음수련은 실제로 해왔던 것이다.

정녕 마음의 정의와 닦아야 할 마음이 무엇인지 사람은 알지 못하고 또 각 종교에서도 그것에 관한 명확한 정의가 없는 것이다. 마음수련회는 인간의 허상이고 죄인 몸 마음을 닦아 참인 우주의 몸 마음으로 다시 나는 것이다. 인간이 가진 마음속의 일체와 자기가 없으면 참인 우주의 몸 마음으로 다시 나 참이 되어서 영생 불사신의 나라에 다시 나자는 것이다.

인간의 마음은 어릴 때부터 사람의 귀 눈 코 입 몸에 의하여 사진을 찍어 하나의 비디오테이프와 같은 사진인 허상의 세계에 살고 있다. 그러니 사람은 세상에 사는 줄 아나 세상과 겹쳐진 사진세계인 자기 마음속에 살아 인간은 허상세계 살고, 또 없는 허상인 사진세계에 살아 인간은 다 죽어 있는 것이라.

사람이 지혜가 없어 살았는지 죽었는지를 모르고 살아가고 있기에 또 사람은 무엇이 바름이고 무엇이 진짜인지를 알지 못하고 있어, 사진세계인 자기 마음속에 갇혀 자기가 경험한 것만 맞는다고 또 자기 것이 옳다고 우기기만 하고 사는 것이다. 죄와 업이란 인간의 마음과 또 인간이 가짜이고 죄업이라.

진짜란 세상이라. 창조주가 창조한 이 세상이 완전한데 세상 살지 못하고 자기가 만든 세상을 또 세상의 것을 복제한 허상인 사진세계에 살고 있기에 사람은 마음을 닦아 세상에 살아야 인간이 완성되는 것이라.

그래서 마음수련회는 말만 듣던 인간의 마음과 인간을 진짜인 우주의 몸 마음으로 다시 나게 하여 성인, 부처, 성자, 신선을 부지기수로 만들 수 있는 것은 그 방법이 있어서이라.

창조주가 창조한 세상은 부족함이 없는 완전함 자체이며, 창조주인 대우주는 시작 이전에도 있었고 영원 후에도 그냥 그대로 존재하는 존재라. 이 존재는 비물질적 실체로 살아 있고 영과 혼이 하나라. 무한대 우주의 이 존재가 되어서 생각하여 보면 천지의 만상은 이 존재와 하나이라.

하늘인 이 나라에 이미 나 있어 완전한 것이다. 그래서 세상은 이미 깨쳐 있고 완전하나 인간이 진짜인 세상을 등지고 자기의 마음세계를 가지고 있기에 우리는 이 마음세계를 다 부수어야 세상에 다시 나고 거듭날 수가 있는 것이라.

살아 진짜인 세상 난 자만, 살아 천극락 나서 살고, 죽어도 더 나아갈 수 없는 완전한 이 세상서 살 수 있는 것이다. 마음수련회는 거짓인 자기의 몸 마음을 진짜인 우주의 몸 마음으로 바꾸어 말로만 듣던 참인 진짜가 되는 것이다. 살아서 진짜만 사는 천극락에 사는 것이다.

그래서 마음수련회는 발전을 하는 것 같다.

생명이란
무엇인가

우리가 세상 살면서 살았다 죽었다고 하는 것은 물질이 움직이거나 또 물질이 그냥 있어도 제 역할을 하고 있으면 살아 있다고 한다. 이것들은 공히 에너지를 보충하여 살아가고 있는 것이다. 사람도 밥을 먹고 밥의 에너지로 살아가고 있다. 밥을 안 먹으면 죽고 말 것이다. 과연 사람이 영원히 사는 방법은 없을까?

그것은 우주의 에너지와 신으로 거듭나야만 한다. 천지 만물만상이 나기 전 이 우주는 모두가 허공인 하늘밖에 없었을 것이다. 이 하늘밖에 없는 곳에서 하늘의 천체가 나타난 것이다. 천지 만물만상의 주인은 바로 이 존재인 것이다. 이 존재가 진리고 또 천지의 본래이고 근원이고 이 존재는 살아 있는 존재이고 이 존재는 만상의 어버이시다. 이 존재만이 진리이신 영생불사신이시고 영이시다.

인간에게 종교가 있었고 또 수만 가지의 기타의 단체가 있었던 것은 불완전하고 미완성이기에 완전한 진리인 이 존재에 근접하기 위하여 종교나 기타의 단체가 있었던 것 같다. 사람의 몸은 이 세상에 태어나 유한의 생을 살다 누구나가 간다. 그러나 살아서 진리인 살아 있는 우주의 영과 혼인 이 존재의 몸 마음으로 다시 나면 죽음이 없이 영원히 살 것이다.

우주의 영과 혼인 진리인 우주의 영혼의 세계에 살아서 이 나라와 하나가 되면 진리라 영원히 살 것이다. 다시 나는 방법은, 가짜이고 미완성이고 불완전한 자기의 몸 마음을 다 부수고 참이고 진리인 신과 영이신 진리의 존재로 거듭난 자는 참인 진리의 생명인 영생불사신이라 죽음이 없는 것이다. 그것을 실행하는 곳이 마음수련회다.

옛날에는 의약품이 또 병원이 없어 사람들이 많이 죽었지만 지금은 사람들이 그 혜택으로 오래 살 듯이 진리가 되어 영원히 사는 방법도 옛날에는 없었지만 지금은 있을 수 있지 않은가. 그 자체의 몸 마음으로 다시 나는 것만이 그 나라에서 영원히 사는 방법이라. 이것만이 진짜인 진리의 생명이라.

부활이란

다시 나 사는 것이 부활이다.

기독교의 각 종파는 부활에 관한 의견이 다른 곳이 많다.

이 땅 이곳에서 이 몸으로 영원히 산다고 하는 곳도 있고, 이 몸이 변화하여 산다고 하는 곳도 있고, 영혼이 산다고 하는 곳도 있다.

예수님께서 돌아가신 지 삼일 만에 부활하시어 이 땅에서 사시다가 승천하셨다.

이 세상에 존재하는 물질인 수백만 가지의 형체와 사람의 몸은 영원한 것이 없다.

과학자들은 하늘에 있는 별들의 수명이 15억 년에서 45억 년 산다고 말하고 있다. 인간의 몸도 평균적으로 칠팔십 년 살고 있는 것이다. 가령 고치 속의 누에가 번데기가 되어 그 번데기가 죽어야 나방이 되듯이, 인간의 몸이 없어지고 참인 몸 마음으로 다시 나는 것이 부활일 것이다.

이 세상에는 본래가 존재한다.

땅이 있어 집을 짓듯이 이 본래가 있어 이 세상에는 수십만 가지의 형상이 있는 것이다. 하늘의 천체도 이 본래인 본바닥에서 난 것이고, 만상 또한 그러하다. 이 세상에 사는 모든 물질은 있다가 다 없어지는 것이 물질세계의 법칙이다.

우리가 대우주가 되어 생각하여 보면 이 지구촌에 살다가 간 물질과 동식물, 인간은 수없이 많다. 이들은 다 썩어 그 형체마저 없어졌다. 그것은 모두가 본바닥으로 되돌아갔다. 사람이 죽었을 때 돌아가셨다고 하는 말은 본래인 본바닥으로 되돌아갔다는 말이다.

이 세상에 있었던 수십만 가지의 형체는 없어지면 사인으로 되돌아가는 것이 순리다.

그러나 인간이 자기중심적인 자기의 마음의 세계인 허상세계서 살다가 죽으니, 그 허상인 없는 세계에서 살고 있으니 그것이 지옥인 것이다.

인간의 완성은 부활인 것이다. 이 몸과 마음의 세계가 없어져야 자연으로 되돌아가고 그 영원불변의 진리의 몸 마음으로 거듭나야 이것이 부활인 것이다. 가령 금의 나라에 가면 재질이 금이 되어야 되듯이 진리나라에 가면 진리의 재질로 거듭나야 한다.

　성경에서는 이 몸을 성전이라고 하고 불교에서는 법당이라고 한다.

　이 말들은 이 몸 자체가 진리 자체인 본래이다는 뜻이다. 자기가 없어져 이 참인 본래에 되돌아간 자가 이 나라에 부활을 할 수가 있다.

　부활은 참의 본래는 스스로 하나 사람은 참의 본래의 말씀으로 거듭나지 않고는 살 자가 없다. 참의 나라에는 참인 본래가 참 된 자, 다시 말하면 본래로 되돌아온 자만 본래에 살게 할 것이다.

　인간은 자기의 망념의 세계와 자기가 다 없어져서 진리이신 본래로 되돌아가서 살아서 성전이고 법당인 자기 속에 신령스러운 진리의 몸 마음으로 거듭나 있어야만이 영원히 살 수가 있는 것이다.

　이 몸은 대자연으로 되돌아가고 대자연 안에 살아서 그 영혼이 부활되어 있어야 영생할 수가 있는 것이다.

　인간의 몸과 마음인 이 자체가 영생하는 것이 아니고 이것은 죽으면 남음이 없이 깨끗이 죽어 본래가 되어 재질이 참인 진리의 재질로 거듭나 그 영혼이 자기 속에서 영원히 사는 것이다.

우리가 가야 할 곳도 내 속의 진리의 나라이고 살아야 할 곳도 내 속의 진리의 나라다.

내 속의 진리의 나라에 진리의 영혼이 다시 나는 것이 부활이다.

신령스럽다

신과 영의 자리는 아무것도 없는 자리나 신과 영이 존재하여라. 신과 영이 존재하여 있어 신령스러운 것이라. 일체가 없는 가운데 진리이신 신과 영이 살아 존재하니 그것이 신령스러운 것이라. 그래서 우리는 처음 보거나 희귀한 것에 신령스럽다는 말을 세속에서 하는 것이라.

신령스럽다는 뜻은 신령과 같다는 말이다.

　흔히들 세속의 사람들은 아는 소리를 많이 하는 사람과 또 일반 사람이 못하는 희귀한 것을 행하는 자 보고 도력이 높다고들 한다.

　도란 진짜인 진리를 말하는 것인데 그 힘이 많고 작고의, 참이 된 상태에 따라 도력이 있고 없고의 차이인 것이다.

　도력이 높은 자는 자기 마음이 우주화가 된 자이고 완전한 자는 도 그 자체인 진리가 된 자이다.

구원자란

　인간의 구원은 가짜인 인간이 진짜가 되는 것이다. 성경에는 말세에 예수님께서 재림하시어 인간을 하늘나라 데리고 간다고 하였다.

　이 말씀은 인간 마음이 참인 하늘이 되어 그 하늘에 구세주가 영혼을 나게 하여 하늘나라에 살게 한다는 뜻이다. 나가 없으면 하늘만 남고 그 하늘의 주인이 그 하늘에 살게 하는 것이 구원인 것이다.

　이 천지와 사람도 미륵인 구세주가 와야만이 구원이 될 수가 있는 것이다.

　그 존재는 천지 만물만상의 근원이시고 본래인 대우주 이전의 우주이시고 이 우주에 아니 계시는 곳이 없는 영과 혼 자체이시고 물질 이전의 비물질적인 실체이시다.

　이 존재가 사람으로 왔을 때만이 인간은 이 존재에 의하여 구원이 될 수가 있다.

　사람은 이 존재가 사람으로 오면 마음에 이 존재가 없어 보지도 못하고 그 말이 들리지도 않아 도둑과 같이 온다고 했고 아무도 모른다고도 했고 하늘구름에 가려 온다고도 했다.

　이 말들은 공히 인간이 못 본다는 뜻일 것이다.

인류는 언제부터인가는 정확히 알 수가 없지만 인간의 마음은 허상의 세계를 사진을 찍어 마음에 담고 그 허상 속에 살게 되어, 인간이 허상 속에 살아 구원이 필요하고 구세주가 필요한 것이다.

또 마음을 닦는 것이 필요하고 비우는 것이 필요하여 우리 인간은 완성되려고 종교도 나가고 또 여러 가지 수련도 하는 것 같다. 그러나 마음을 두고 더하기만 하면 인간의 완성은커녕 그 마음에 짐만이 더할 것이다.

이 세상에 지금의 경보다 수만 배 더 좋은 경을 가시고 님미나 아프리카에 가서 100여 년 동안 그 경을 가르쳤다고 생각하여 보자. 그 사람들이 변하였겠는가. 그 사람들은 그 마음이 있고는 사랑도 대자대비도 안 되었을 것이다. 가령 인간의 마음을 없게 하는 방법을 가지고 아프리카나 남미에 갔다고 생각을 하여보자. 그 마음이 다 없어졌으면 참인 진리가 되었을 것이다. 미완성의 시대는 인간의 마음에 더하기만 하던 시대였지만 완성의 시대는 인간 마음의 빼기를 하는 시대다. 인간의 마음을 다 없애면 신의 나라 신의 마음으로 다시 날 수가 있는 것이다.

세상일도
인간 마음에서는
못 이룬다

　인간의 한이란 자기 마음속에서 하고 싶었던 또 이루려던 것을 못했을 때 인간은 그 한이 있는 것이라.

　인간이 이루어도 인간이 자기 마음에 다 가져도 인간은 뜻도 의미도 없는 것은 인간 자체가 하나의 꿈인 허상이고 또 그 자체는 없음이라. 그 마음속에 돈을 벌어야겠다고 생각을 하고 사는 사람은 그 돈의 노예가 되어 살고 또 그 생각에 그 돈이 벌리지 않을 것이다.

　돈을 벌어야겠다는 마음이 없으면 자유가 될 것이고 그렇다고 돈이 안 벌어지는 것이 아닌 일체는 망상의 마음이 실을 만드는 것이 아니고 인이 있어야 과가 있듯이 돈을 벌려고 하는 그 행에서 돈이 벌어질 것이다.

　원수를 사랑하라고 아무리 이야기해도 그 원수가 사랑이 되지가 않을 것이다. 그 마음에 원수가 없어야 원수가 없는 것이다.

　이 세상에 사는 사람은 모두가 자기의 욕심에 살고 있기에 자기 마음의 뜻대로 살려고 하나 그 행이 뒷받침이 안 되어 그렇게 못 사는 것 같다. 이런저런 걱정을 하고 사나 모두가 허상 자체라.

또 그것은 부질이 없고, 되는 것이 안 되는 것도 아니라.

세상의 이치는 인과의 법칙이고 자업자득이라 아무리 걱정하지 말라고 해도 그 걱정이 있듯이, 그 걱정의 마음을 없애면 걱정이 없고 일체의 일이 순리대로 되고, 허황한 꿈이 아닌 현실적으로 되어서 세상에서도 잘 살아질 것이다.

돈이 많던 사람이 그 돈이 없어지면 죽는 것을 뉴스에서 많이 보아왔다. 또 사랑을 하던 사람이 변심을 하여 돌아서면 죽는 사람도 많다. 그 마음속에 돈을 많이 가지고 있고 그 마음속에 사랑하는 사람은 가지고 있는데 그 돈과 사랑하는 사람이 없어졌으니 그 사람은 죽는 것이다. 그러나 그 마음속에 돈과 사랑하던 사람이 없으면 아무렇지도 않을 것이다. 세상에 순리대로 산다는 것은 인간 마음이 아닌 세상 마음이 되어 세상에 나면 현실적으로 살게 되어 이 세상에서 잘 살아질 것이다.

흔히들 사람들이 묻기를 마음수련회가 종교가 아니냐고 묻는다.

마음수련회는 말 그대로 가짜인 마음을 닦아 진리인 참마음으로 다시 나는 곳이다.

인간 마음의 세계란 세상의 일체의 것을 자기 마음속에 사진을 찍어 세상이 참인데 이 사진세계 살아서 이 사진세계가 마음인 것이라. 이 속에 살고 있는 자기도 없는 세상에 살고 있기에 가짜인 것이다. 마음속에 살고 있는 일체는 없애면 없어지는 것이기에 닦는 것이 필요한 것이다.

이 마음을 닦아 없어지지 않는 진리의 마음인 본래의 창조주의 마음으로 다시 나야 인간이 완성이 될 수가 있는 것이다.

사람들은 이 세상에 살고 있는 줄 착각하고 살고 있지만 인간은 자기의 눈 코 귀 입 몸으로 세상에 있었던 것을 자기 마음속에 사진을 찍어 살지만 이 자체가 세상과 겹쳐져 있어 사람이 이 사진세계에 살고 있는 줄 모르고 있는 것이다.

각 종교에서도 마음을 닦으라 비우라 하는 것은 가짜인 마음세계와 그 속에 살고 있는 자기를 버리면 본래인 진리만 남게 되어 거기서 다시 나야 인간 완성이 되는 것이다.

마음수련회는 가짜인 자기의 마음세계와 그 속에 살고 있는 자기를 버려서 진짜인 자기로 거듭나는 곳이다.

거듭난 자기는 진리나라에서 일하고 살 것이다.

마음수련회는 가짜인 자기를 다 버리는 방법이 있는 곳이다.

미완성의 시대는 자기 마음속에 듣고 본 것의 일체를 사진 찍어 간직하던 시대에서 완성시대는 자기 마음속의 사진세계를 빼기를 하는 시대다.

인간의 완성은 더하기를 하면 인간 완성과는 거리가 멀어지고 가장 근원인 진리로 다시 돌아가는 것은 허상인 마음의 세계와 자기를 버리면 완성이 되기에 마음을 닦는 마음수련이 필요한 것이다. 자기 속에 묶인 마음의 세계는 참인 본래로 간 만큼 알아지고 깨쳐진다.

인간이 마음세계 속에서 살아 있다고 착각하고 사나 인간은 허상인 사진세계에서 자기가 있다고 허상인 자기를 만들어서 있기에 죽어 있는 것이다.

산 것이란 영원불변의 진리인 세상 이전의 세상인 하늘 이전의 하늘인 진리가 살아 있는 것이라.

진리를 복사하여 자기 세계를 만든 허상의 마음의 세계를 부수어 진리의 세계에서 거듭나야 인간은 영원히 살 것이다.

마음수련회의 하는 일은 가짜인 자기 마음세계와 그 속에 살고 있는 자기를 버리고 진짜인 진리의 몸 마음으로 거듭나는 곳이다.

가짜를 버리면 진짜만 남으니 이것이 인간 완성이고 살아서 영생할 수가 있고 천국 날 수가 있는 것이다.

이 나라에 난 자는 이 나라의 일하고 살 것이다.

마음수련회는 자기가 완성이 되는 곳이다.

각 종교는 완성을 이야기하는 곳이고

마음수련회는 완성이 되는 곳이다.

완성이 된 자는 참세상을 위하여 일할 것이다.

3부

세상에는 일체가 살아 있는 존재이구나
세상이 되어 보면
세상과 하나가 된 것은
모두 다가 다 살아 있구나

- 본문 중에서

인생무상

날이 춥고

날이 저물면

갈 곳 있는 자는 걱정이 덜하지만

갈 곳 없는 자는 걱정이 될 것이다

그러나 갈 곳이 없으면 포기하고

아무 데서나 잠잘 자리 보고

얼어 죽지 않을 궁리할 것이다

띠도는 방랑자는 아무 생각 없이

그냥 떠돌아다닐 것이다

사람은 또 만상은

환경에 살다가 덧없이 가고 말겠구나

인간의 망상 따라 인간은 살다가

어디론가 가버리고

연기처럼 안개처럼 덧없이 사라지나

묘안은 세상에 없구나

그냥 있고 그냥 사는 방법 말이다

덧없다 탓하고 살지만
덧없음 아는 것도 생각이 좀 있는 자이고
전혀 모르는 자는 생각조차 없는 자인지 모른다
파란 하늘에 물어봐도
인간의 마음인 구름에 가려
파란 하늘과 통하지 않구나
이 사실의 해답을 아는 것은
분명히 말 없는 하늘만 알 것이고 땅이 알 것이나
하늘땅의 마음과 하나인 자가 없어
인간은 해답 없어도
숙명 아닌 숙명으로 받아서 살아가고 있구나
그러다 탓 못하고 죽고 말구나
그 해답은 분명히
하늘땅과 하나가 된 자의 마음속에 있을 것이다
죽음의 덧없는 이치와 사는 해답을 말이다

사진

어두운 밤에는

천지를 분간 못하듯

사람도 자기의 마음의 세계인

업과 죄 속에 사는 자는

세상의 이치를 아는 자가 없구나

날이 밝으면

세상이 잘 보이듯

자기의 마음속에 참세상이 있을 때

세상을 인간은 아니

마음의 무지인

어디서 주워 먹을 것 없어

사진 쪼가리나 먹어 놓았느냐

그것이 실 아닌 허임도

사진 속에 있으니

사진의 세계만 보이니

세상서 보면

그것은 모두 다가 허라
실은 세상이고
실은 산 세상이고
실은 참인 세상이고
인간만이 세상에 살지 않고
세상을 사진 찍어
자기의 마음속에 가지고 그 속 사니
구원이란 이 세상서 빠져나와
참세상에 거듭나는 것이 구원이라
세상과 마음의 세계가 겹쳐져 있으니
인간은 세상 사는 줄 착각하고 살아가는 것이라
추억의 흘러간 비디오테이프 속에서
신음과 고통스러워하고
생로병사가 있구나
비디오테이프 속에서
비디오로 만든 그 틀 속에 사니

자유가 없어 쉬지 못하고 있구나

흘러간 추억의 그림자만 되뇌며 한숨 쉬고

흘러간 그림자가 자기인 줄 착각하고

사진의 헛소리만 하고 살아가고 있구나

이것도 아는 자 현자이지만

이것을 이해 못하는 자는

비디오 속서 세상의 이야기가 안 들릴 뿐이구나

참말이 테이프 속 있는 허상의 주은 자에게

들릴 리가 만무한 것이라

뜻도 의미도 모르면서 지껄이면

모두가 거짓이니 또 헛말이니

입 다물고 죄업이나 닦는 방법인

버리고 버리기나 하여라

사진 쪼가리의 헛된 말을 해봐도

귀신 씨나락 까먹는 소리니

버리기나 버리면

참말도 들리고 참말 할 것이다
거짓 행과 거짓말만 하고 다니지 말고
참으로 다시 나
세상을 위해 살고 참말을 하여라
참말도 들을 줄 알아라

순리

세상을 등진 나그네는

갈 곳이 없구나

자기의 마음속서 번뇌하고 고통 짐 지고 살구나

세상의 이치에 맞지 않는

삶만 살며 무덤 속에 갇히고 말았구나

저 잘났다 무덤 속서

귀신들의 조잘거림 속에서

귀신을 알아주지 않고

귀신들 제 이야기만 하는 것을

세상 사람이 들어보니

모두가 저를 알아달라는 이야기고

저가 잘났다는 이야기라

또 자기 세계 속 들어오라는 이야기이라

쓸 말이 하나가 없고

전부가 거짓이고 거짓말이라

세상에 살면서 세상 것을 훔쳐 먹고

세상이 있어 천지만물이 있는 고마움을 등지고

세상을 복사한 제 세상 만들어 허세상이 되니

세상을 등졌으니 죽음이 아니냐

모양은 사람 닮았으나

사람이 아닌 귀신이구나

귀신은 허상이고

귀신은 자기가 있다고 생각하나

정신 차린 자에게는 귀신이 없는 것이라

귀신이 귀신을 겁을 내고 귀신을 못 믿는다

옛말에 깊은 산중을 걸어갈 때

산짐승과 귀신이 겁나는 것이 아니고

사람이 겁난다는 말이 있다

이 말은 사람이 귀신이라

사람에게 해를 입히니 하는 말이라

세상을 등진 자는 죽을 것이고 귀신이 될 것이다

세상도 등졌으니 갈 곳도 없고

세상도 등졌으니 죽고 말 것이다

이것의 진정한 뜻을 알고

세상으로 되돌아와서 살아야 하지 않겠는가

세상 밖에는 세상이 없고

세상 밖에는 살 곳도 없다

세상이 없으니 살 곳 없지 않는가

제멋대로 훔친 세상은 세상이 아니고

귀신이 사는 세상이고

그 귀신의 세상과 귀신은

없는 세상이라 죽음이 아닌가

되돌아와라 미아야, 세상으로!

세상의 이치대로 살고

순리인 세상 살자

조건에 일체가 되어지는 것이지

귀신의 헛생각에 되어지는 것이

세상에는 하나도 없다

참,
허
란

산 것이고 죽은 것이고

있는 것이고 없는 것이고

세상에 있으면 참이고

세상에 없으면 허이라

영원히 살고 있고 없어 없고

세상에 있어 있고

세상에 없어 없다

세상에 있는 것은 있고

세상에 없는 것은 없다

수많은 이야기가

세상에 없어 없고

세상의 이치에 맞지 않는 것은 없는 것이라

다 이룬 자는 완전한 세상 난 자요

못 이룬 자는 완전한 세상 나지 못한 자라

자기의 영혼이 우주의 영혼으로 거듭나야

죽지 않고 살 것이다

참뜻 모른다

참새가 봉황의 뜻을 모르고

짐승이 사람의 뜻 모르듯

허세상 사는 사람은

참세상 사람의 뜻 모르고

허와 참도 모르고 있음과 없음도 모르고

세상과 자기의 없는 세상도 모른다

인간은 허이라

그리나 인간은 참이 없이도

자기가 가짜임 아는 자는 가짜가 진짜 되려 노력할 것이다

허를 참 되게 하는 것이 참사람의 뜻이나

인간은 허도 모르고 참도 모르고

자기 속서 자기의 이야기만 하는 헛된 허상이라

귀신을 신으로 허를 참으로 살게 하는 사람의 뜻을

귀신이 어이 아나

한정된 시간

날은 저물어 가고 쌀쌀한 초겨울이 다가왔구나

항시 그랬듯이 봄 여름 가을이 지나면

화려한 인생이지 않나

한도 많았고 그리움도 아쉬움도 나의 마음에 남아서

나는 추운 겨울나기가 힘들었던

과거의 어려운 삶이 하나의 징크스가 되어

나는 고독했었다

말도 없이 덧없이 지나간 세월에는

아쉬움이라는 것은 못다 이룬 수많은 사연이리라

그러나 그 사연이 되돌아오지 않고

젊음도 다시 되돌아오지 않아

사람들은 추억이 그리운지 몰라도

나는 추억이 아름답지 않아

내가 하고 싶고 또 내가 가질 것을 못 가진 한일는지 모른다

덧없고 말없이 세월은 지나가고

그 옛날의 모든 일들이 다시 오지 않음에는 틀림이 없다

진짜가 되는 곳이 진짜다

내가 있는 미국에

추억 가지고 수많은 이가 고국을 떠나

더 잘살기 위해 이민을 떠나와 살구나

미국을 비롯해 북남미, 아프리카, 유럽, 중동, 호주, 뉴질랜드, 중국, 소련, 우즈베키스탄 등 여러 나라에 고국 떠난 사람들은 모두 다가 고국의 추억 안고 다시 돌아가지 못하고 이국에서 나이 들어 죽은 이도 많고, 이민 초기에 온 사람들은 후손이 3~4세가 타국에 산다

그들은 한국을 잘 모른다

한국말도 못한다

지구의 한 구역에 적응하여 살아가고 있다

이곳저곳에 사는 사람들은 모두가 동포이건만

동포가 아니다

서로 뜻이 안 통하고 말도 못하고

닮음이 있어 쳐다만 보고 지나치는 것이

아쉽기만 하다

조국인 대한을 잊고
종교도 우리의 것이 없고 남의 것 가지니
자연 세월 따라 민족성이 없어질 것이다
이 땅에 대도인 완전함이 세상에 퍼질 때
세상은 하나가 되고
세상은 대한을 찾고 알 것이다
모두가 대한민국에 찾아올 것이고
모두가 하나가 대한민국으로부터 시작될 것이다
그날을 위하여
나는 세상에 객이 되어 다니고 또 다닌다
음지가 있으면 양지가 있듯이
음지에도 볕이 들 날이 있을 것이다

인자는 세상에 쉴 곳이 없구나

어느 하늘 아래

어느 땅에 나가 쉴 곳이 있을까

수많은 나라와 수많은 곳들이 있으나

정녕 나가 쉴 곳도 없고

또한 바른말도 제대로 못하겠구나

어느 땅 어느 하늘 아래

진정한 자유가 있고 진정한 평화가 있을까

대자연만이 나의 심과 하나이어서

그냥 말이 없이 있으나

세상이 하도 하도 모두가 거짓이라

거짓임 가르치고 참으로 다시 나게 하는 나로서는

쉴 곳도 쉴 곳이지만

가르침의 소리도 제대로 하지 못하겠구나

말이 없는 대자연은

나와 하나가 되어 있지만

또 나의 편이지만

세상에는 양의 탈을 쓴 이리만

없는 어두운 세상서

자기의 세상 오라고 하고 있지만

자기 틀에 맞지 않으면

냉정하고 목숨도 가져가는

그야말로 눈에는 보이지 않지만

귀신인 이리는 자기 틀에 살라 하구나

그런 이런 세상이 안 맞다고 이야기하여도

제가 하는 것이 가장 맞다고

양의 탈을 쓴 귀신인 이리 떼가 세상에 차 있고

잡아먹고 먹히고의 세상이 수 천년만년 연이어진 가운데

인간의 진정한 대자유와 평화의 땅은 없을까

그 땅을 이리의 탈을 벗기고

귀신인 이리가 죽어 다시 나

참세상의 마음과 하나가 되어야만

이 조물주가 창조한 완전한 세상에 살 것인데

수많은 사연의 이야기만 하면서
이리는 호의호식 호강하고
자기 위해 양의 탈 쓰고 결국은 잡아먹구나
예수님이 말씀하신 대로
인자는 세상에 쉴 곳이 한 곳도 없구나
날아가는 새도 산짐승도 제 집이 있으나
정치 경제 종교는 모두가 완전한 대안이 없어
소련이 체제가 무너지고
세상에 있는 나라들은
이 체제에서 없어지고
잘한다는 사람이 정치하여
조용하게 지내다 또 무너지고
경제도 잘살다가 못살고
못살다 잘살고
종교도 옛 성인의 말씀과 하나가 되지 않고
말로만 성인의 말을 하나

그 마음은 귀신인 사진이라

참이 하나도 없으나

참이 아니면서 자기 것만 맞다고 우기는 것은

어리석음 중 어리석으나 그 어리석음조차 모른다

잘살고 진정한 평화 자유와 평등함과

인간이 행복하고 영원히 사는 대안은

사진인 마음의 세계가 없어야 하지 않겠는가

사람은 자기가 아는 것밖에는 들리지도 않고

들으려고 하지도 않으니 문제라

무덤 속 갇힌 자는

무덤 속의 이야기만 연거푸 하나

세상에 사는 자에게는

시체가 썩는 이야기요

무덤 속에 똥이 차 똥에 가스가 나는 소리일 뿐이라

하염없이 주위에는 썩은 소리고

똥 끓는 소리만 나니

산 자는 말 못하고 쉴 곳도 없고

막막하여 그냥 있구나

귀신이 모르게 움직이구나

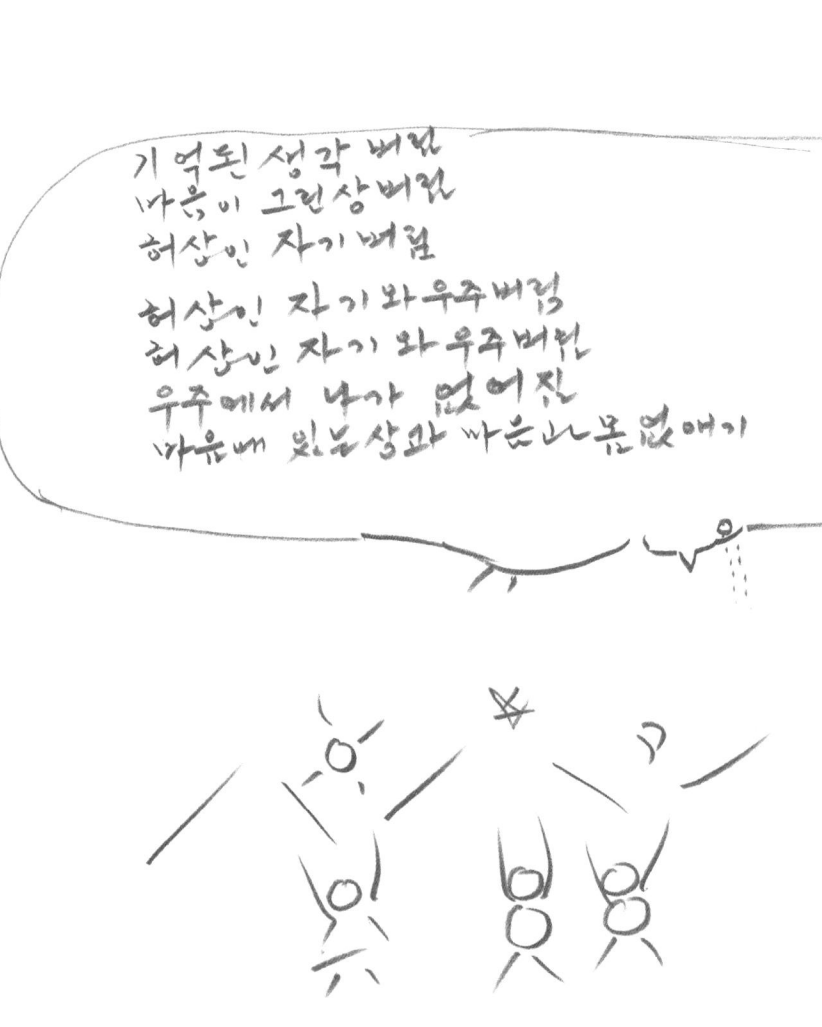

마음수련회는 가지는 것이 아닌 다 버리는 것이다

흔히들 마음수련회를 찾아오는 수많은 이는

이때까지 세상의 삶이 그랬듯이

무엇인가 자기가 깨치고

자기가 알고 자기가 완성되려고 한다

또 자기가 잘나려고 하기도 하고

또 자기가 우상화되려고 하고

또 거짓 종교의 교주가 되려고도 한다

무엇인가 남에게 군림하려고 히던 이들이

자기의 목적을 이루려고 하다가

뜻이 달라 이루지 못하는 자는

많은 이가 떠나가기도 하였고

또 헛곳에서 헤매다

다시 찾는 이도 많다

마음수련회는 거짓인 사진의 세계인

인간의 마음세계와

허인 사진 속에 살고 있는 자기를 버리는 곳이다

이 말은 인간의 몸과 마음을 버려서
우주의 몸 마음으로 바꾸자는 것이다
자기의 몸 마음을 이 우주에서 다 빼면
참인 살아 있는 신인 우주의
몸 마음으로 다시 나자는 것이다
영원불변의 우주의 몸 마음인
진리 자체가 되자는 것이다
이 우주에서 거짓인 자기만 없으면
참인 세상만 남지 않는가
이 세상에 난 자가 성인군자요 신의 자식이고
영생불멸의 신의 나라 다시 나서
사는 자가 되는 것이다
세상에서 자기만 빼내면
참세상만 남고
참세상에 다시 나
영원히 산다

마음수련회는 가짜인 자기를
다 버려 진짜인 세상에 진짜로
다시 나는 곳이다
가짜의 나의 몸 마음을
버리는 곳이다

인간이 사는 허인
귀신의 세상에는
과거 미래 현재,
좋고 나쁘고,
고통 짐이 있고,
삶 죽음이 있으나
신의 나라는
일체가 없다

인간의 삶 자체가

허상이다 또 망상에 산다고 우리는 흔히들 들어왔고

언젠가는 구세주가 와서

우리를 구원해 준다 한다

인간이 바른 세상에 살지 못해서다

그래서 종교에서는 마음을 닦으라

비우라고 하는 것이다

인간이 사는 세상은

참인 이 세상에 살고 있는 줄 착각하고 사나

세상과 마음의 세계가 겹쳐져 있으니

자기가 만든 하나의 영화 필름 속에 살고 있다

사람은 어릴 때부터

하나의 필름을 제작하여

자기의 마음속에 가지고 있어

세상을 사진 찍은 필름 속에 살고 있다

가령 오늘 아침 먹었던 것을 생각하여 보라

내 마음속에 내가 앉아 있었던 곳과
같이 먹었던 것도 사진이 찍혀 있고
세상에 있었던 것이 아닌
사진 속인 마음속에 있지 않았는가
아침 먹고 하루 종일 했던 것도
내 마음의 필름 속에 있지 않았는가
나는 세상 있었던 것이 아닌
나의 마음속에 있지 않았는가
지금 이 순간도 시간이 지나 다시 생각하여 보면
사진 속에 있지 않았는가
세상과 이 순간에는 마음속과 겹쳐져 있으니
세상 사는 줄 인간은 착각하고 산다
만일에 세상과 하나가 되어 세상에 살면은
그 사진이 하나도 없을 것이다
인간 마음은 사진을 찍어 담는 필름이요
세상 마음에는 사진이 찍히지 않는다

인간이 이 사실을 몰라
세상에 나는 구원이 되지 않는다
이 사진의 세계 안에서는
고통 짐과 삶 죽음과 좋고 나쁘고 생로병사
과거 미래 현재가 있으나
참인 세상과 하나가 되어 세상 나면
이런 것들이 없다
영원불변의 생명 자체라

재림 예수는 언제 오는가

흔히들 재림 예수님이라고 하면
이천 년 전에 십자가에서
못 박혀 돌아가신 예수님이
하늘나라 어디에선가 계시다 다시 구원하러
하늘구름을 타고 천사들과 함께
나팔을 불고 오시는 줄 알고 있다
성경에도 이렇게 쓰여 있다
그러나 예수님이란
창조주이신 진리와 하나이신 참이시다
다시 말하면 진짜이신 살아계신 분이다
예수님이 다시 오신다는 것은
참인 존재가 다시 오면 재림 예수님이 오신 것이다
구원이란 가짜인 사람을 진짜로 바꾸는 것이다
사람이 참이 세상에 와도
사람은 그 모양을 보기에 또 참이 없기 때문에
참을 모를 것이다

그래서 아무도 모른다고 했다
하늘구름에 가려 오시는 것은
인간의 마음세계 안에서
그 마음세계만 알지
참세상의 이치는 모를 것이다
그래서 구름에 가려 오시는 것은
자기의 마음의 세상에 사는 사람은
참이 와도 가도
참이 없기에
진짜 예수님이신 참이 와도
모를 것이다
또 성경 불경 또 기타 경의 참뜻도
참세상에 살지 않는 인간은 모를 것이다
예수님이신 참은 형상과 모양에 있음 아닌
사람이 진짜가 될 때
진짜이신 예수님은 오신 것이다

인간의 구원은

가짜가 진짜가 되는 것이다

가짜세상에서 진짜세상에 나는 것이다

진짜이신 예수님이 오셔야

또 예수님만이 인간을 진짜로 만들 수 있다

사람이 진리를 모르고 못 보는 이유

사람은 세상에 살지 못하고

세상을 복사한 자기의 마음의 세계에

살고 있기에

진리인 세상의 것은 하나도 모른다

성경이나 불경은

참인 세상에서 이야기한 것인데

자기의 마음속에서 그것을 보니

그 마음의 가짐에 따라 해석이 달라져

수많은 종파가 생겨진 것이라

그렇듯이 사람이 세상과 겹쳐진 마음의 세상에 살고 있어

세상에 살지만 자기 마음속에 살고 있어

진리인 세상을 모르는 것이다

또 세상과 하나가 되어야 세상을 알고

세상을 볼 수가 있는 것이다

진리인 세상을 못 보는 이유는

사람의 마음속에 진리인 세상이 없어서이다

참인 진리로 거듭난 자만이

진리를 알 수가 있고 진리를 볼 수가 있다

진리란 세상이고

인간이 세상이 되어

세상에 다시 나면

세상의 이치를 다 알 수가 있고

진리라 죽음이 없을 것이다

깨침이란

가짜인 마음의 세계에
가짜가 버려진 만큼 참으로 화할 때
알아지는 것이 깨침이다
자기의 죄업을 사한 만큼 진짜가 드러나니
이것이구나 하며 아는 것이 깨침이다
성경에 보면 마음이 믿어 입으로 시인한다는 말도
깨침을 이야기하는 것이다
인간은 아는 것이 아무것도 없다가
참이 되어질 때까지는
많은 것을 깨치고 알아진다

한세상

사람은 누구나

인간의 한세상을 살다 간다

인간의 한세상은 칠십 평생이고

우주의 한세상은 영원하여라

우주에 난 것은

일체가 우주만큼의 나이만큼 살구나

사람은 지혜가 없어

우주의 나이만큼 사는 방법을 모르누나

참인 세상과 하나가 되면

세상 나 살지 않겠는가

세상 난 영과 혼은

죽음이 없는 것

진리의 영혼이라 영원 영원히 그냥 살구나

창조주이신 세상의 근원인 우주가

인간을 낼 때 만상을 낼 때

그 자체의 있음을 우주의 에너지 빛에 힘입어

그 나라에 영생불사하라고 낸 것이라

그것이 창조주의 뜻 아닌 뜻이라

근심 걱정도 없고

고통 짐이 없고

일체의 것을 벗어나

그냥 사는 것은 해탈이고

자유고 해방이라

참인 그 나라는 생로병사가 없는 나라요

그 나라는 순리인 대정의 나라요

인간의 마음에 가짐은

죄요 업이라 고통과 짐이지만

그 나라에 복 지은 자는

그 복이 자기의 것이라

그 마음에 기쁨이 한량없는 것이라

인간이 살아 이 나라 들어야 하고

인간이 살아 복 지어야 하는 것이라

산 것이란

참인 진리가 될 때 산 것이고

죽은 자란 참이 아닌 자라

인간의 한세상 살지 말고

우주의 한세상 영원히 살자

없는 세계

예로부터 인간은 살아왔고
살면서 수만 가지의 인간의 생애는
애고哀苦가 있었어라
고대광실 높은 집에 문전옥답도
한세상 살다가 가면
하나의 꿈과 같은 허상이라는
노래가 있듯이
이유 뜻도 없이 살다가
이유 뜻도 없이 가버리누나
인간 생을 살다가 보면
어릴 때는 부모님 밑에서
철없이 뛰어놀다가
학교에 다니고 또 시집 장가가서
자식을 낳고 키우고
세월은 유수와 같이 흘러
덧없는 인생에 충蟲이 되어

머리에는 흰 서리가 오고

자식들이 출가를 하고

이런저런 사연에 골몰하며

원수도 있고

좋은 이도 있고

수많은 희로애락의 사연들이

모두 다가 흘러간 추억의 그림자였어라

이런저런 삶 속에서

이룬 것도 없이 세상을 떠나니

추억의 그림자인

내가 만든 마음의 세계에서 윤회하는구나

꿈 깬 자는 살았던 삶 속에

부모 형제 처자 일체 아는 모든 이와

세상을 귀신과 살았고

귀신의 세계였구나

섬뜩하고 생각하기가 싫구나

꿈 깬 자는 새 세상에서
영생불사신으로 살 것이다
귀신은 죽고 말구나
없는 세상서 살고 있으니
죽음이구나

세상 나와라

수없이 많은 세월 속에 인간은 살아왔고

수없이 많은 세월 속에

수많은 이들의 사연도 고통도 한량이 없었으나

예나 지금이나 세월도 없고

세상은 아무런 반응이 없이

그냥 있어서라

무엇을 이루려는 인간의 마음만 바빴고

그 뜻에 맞추려니 고통과 짐만 지고 있었구나

순리에 어긋나고

세상과 더불어 살지를 못하고

인간의 뜻에 세상을 맞추려고 하니

순리에 역행하는 삶이었어라

인간은 원래가 세상과 하나인

순리의 삶을 살았으나

세상을 자기의 마음속에 담는

가짐의 마음에서 순리에 역행자가 된 것이라

사람들아 세상은 그냥 있다

영웅호걸 수많은 인간이 만든 것도

사연도 세월 따라 가 버리고 없어졌으나

하늘과 세상은 그냥 있지 않는가

인간이 만든 또 인간이 가진 일체는 없어졌으나

세상이 있듯

세상에 난 자는 세상의 나이만큼

참과 하나가 된 영혼으로 살 것이다

사람이 살아 있어도

산 것이 아닌 마음세계인 제 무덤을 파 놓고

그 속에서 그 무덤을 더 단단하게

자꾸자꾸 무덤 집을 지어 사니 죽지 않았는가

세상서 보면 무덤도

무덤 속의 자기도 하나의 없는 허상이라

무덤도 무덤 속의 나도 없으면

세상 나와 세상과 하나가

되어 살지 않겠는가
물 흐르듯 흐르는 세월도 없고
세상의 영혼이니
진리라 죽음도 없지 않는가
나오라 세상으로
자기 것은 모두가
못 쓰는 허상이고 지옥이니
지옥세계를 부수고
세상 나와라

진짜인 진리가 아니면
모두가 가짜인 허다

사람은 진짜와 가짜를 아는 자가 없다

사람은 참과 허를 아는 자가 없다

인간이 완성인 진짜가 되어야만이

진짜인 것이다

진짜는 세상이고

가짜는 사람이다

사람이 세상을 또 세상의 것을 복제를 하여

마음속에 세상과 세상 것을 가지고

자기의 관념 관습을 만들어 사니

창조주인 세상에 대역 죄인이다

마음속에 관념 관습을 가진 사람은

진짜가 없기에 진짜를 모른다

진짜인 세상의 입장서 보면

세상인은 모두 다가

완성이 안 되었기에 가짜인 것이다

진짜가 되는 방법은

가짜인 인간의 관념 관습을
모두 다 버리는 것이다
사람이 진짜가 안 되면
모두 다 가짜다
지금 자기가 믿고 따르는 곳이 있는데
자기가 완성인 진짜가 안 되어 있으면
모두 다 가짜인 것이다
인간이 사는 이 세상에는
진짜가 또 진짜인 사람이
아무 곳에도 없고
가짜인 세상과
가짜인 자기를 없앤 자는
진짜인 세상에 다시 나
진짜인 인간 완성이 될 것이다
지금 진짜인 진리가 안 되어 있으면
모두가 가짜이지 않은가

영생천극락과 하늘나라는

인간이 완성되어

진짜가 된 자가 갈 수가 있는 것이라

살아 진짜가 안 된 것이

죽어 천극락 간다는 것은

이치에 맞지가 않는 말이다

살아 실인 진짜일 때

실의 나라인 진짜나라에 갈 수가 있는 것이다

실이라야 실의 나라 갈 수가 있지

가짜인 허는 없는 것이 아닌가

옛날에는 걷고 뛰어다니기만 하였으나

지금은 자동차와 비행기가 있듯이

인간의 완성은 성인인 예수님이나 석가모니 부처님

마호메트나 되는 줄 아나

자동차 비행기가 나왔듯

세월 속에 어느 한시에는

인간이 완성이 되는 때도 있지 않겠는가

미완성이 완성되려고 해도

미완성이 아닌가

미완성을 다 부수고 없애면 참이 남지 않는가

참에서 다시 나면

완성이 되지 않는가

덧없는 인생사

들녘 저편에는

강물만 유유히 말없이 흘러가고

애환의 사연의 이야기를 담고

강과 강물은 있으나

그 사연은 들어서 생각 속에 있구나

많고 많은 사람이 애절한 사연에

나와 같은 생각을 했었으리라

산속에는 새들이 지저귀고

강가에는 강새가 날고

밤이면 늑대 울음소리가 나고 부엉이가 울고

낮에 분주히 쏘다니며 먹이를 찾던

꿩과 다람쥐와 모든 산새와 짐승이 잠이 들었구나

저 먼 산속에서

절의 종소리가 가슴에 와 닿구나

그 옛날 천 수백 년 동안 저 종소리는

끊이지 않고 소리를 내었을 것이나

많은 사람이 살다가 간 이곳은

그 흔적이 없구나

이유도 뜻도 모르는 가운데 와서

인간의 한세상인 오륙칠팔 십 한생을

살다가 간 이들의 이야기는 전하나

그 흔적이 없구나

모두가 흘러간 꿈이었구나

덧없는 한생에 욕심으로 살아

뺏고 빼앗기고 세상을 군림하던 자들이

모두가 없고 사라졌구나

동리에는 저녁밥을 짓는 연기가 집집마다 나는 가운데

농부는 바삐 서둘러 일을 마치려 하구나

주막에는 일하다 돌아온 농부 가운데

사발에 막걸리를 한잔하고 가누나

저녁밥을 먹으며 식구들이 이야기를 하고 있구나

밤이 되니 풀벌레 소리가 요란한 가운데

이웃집에도 그만그만한 사람들이 살아
동리 사람들의 이야기를 하고 있구나
한 식구와 동리 사람들은
이것저것도 모르고 살구나
인생이 무엇인지
사는 것이 무엇인지
그저 지금의 삶에 자기 것 만들려 열심히 살구나
잘살아 보려다 애절한 사연 안고
사람들은 죽고 말구나
술만 먹고 애먹이던 남편이 죽어도
미운 정이 들어서 한없이 울구나
인간은 인간마다 자기의 사연이 있고
자기의 수많은 마음속에 새겨 있어라
많은 세월이 지나간 지금까지
인간이 허상인 귀신세계에 살았구나
이웃도 동리 사람, 부모 형제 처자도

모두가 귀신이었구나

세상서 보니 없는 세상에 사는

없는 존재가 사람인 귀신이었구나

사연도 역사도 귀신들의 이야기였구나

귀신은 사라지지만 자연만이 있구나

대자연인 하늘은 변함이 없고 그냥 있구나

대자연의 나라에 하나가 되면

그 속에서 영생불사신으로 살 것이나

자기 것 만들려 든 사람 일체가

사라지고 말았구나

인간이 세상 난 이유와 뜻은

인간이 세상과 하나가 되어

세상 나기 위해 난 것인데

귀신세계에서 탑 쌓는 이들은

어리석은 자이고

세상에 복을 쌓는 자는 지혜자라

내 것에 내 것이 없이
내 것 아님에 참 내 것이 있어라
죽고 살고도 모르는 사람은
자기 것 만들려고 애쓰나
모든 것이 허이고
모든 것이 없는 것이라
내 것이 없어야
참 내 것이 있다

순리의 삶

산천 초목은 수없이 많구나

별다른 어려움이 없이 산 것도 하나님이 보호하여서라

자연은 말이 없지만 스스로 나고 살고 하는 것도

자연의 조건에서 되어지는 것이라

세상의 일체가 인과라

세상은 이것이 있어 저것이 있고

이것저것의 조화에 만상이 난 것이라

창조도 창조가 되는 조건에 창조되는 것이라

조건이 인이고 창조가 된 것이 과라

세상은 이것이 있어 저것이 있고

이런저런 사람이 있어 나도 있는 것이라

인간이 세상살이가 힘든 것은

자기 마음의 뜻대로 살려고 하니 힘이 드는 것이라

마음속의 이것저것을 다 놓고

세상과 하나가 되어 세상에 적응하여 살면

힘이 안 드는 것이라

세상을 욕할 것이 아니라

못난 자기의 마음 몸을 욕하고 버리면

세상에 맞는 자가 될 것이라

세상과 하나가 된 자는

세상인 대자연처럼 순리의 삶을 살 것이라

인간이 말 없고 변함이 없는 순리인

대자연을 이길 수가 없듯이

인간의 뜻에 세상은 되어지는 것이 아니다

세상을 자기의 뜻대로 살려는 자는

수고만 클 따름이다

하나님이신 세상은

우리에게 살 수가 있는 조건을 주셨다

우리는 한 번도 감사하는 마음이 없이

기껏하여야 자기의 소리만 하고 자기 뜻을 세워

자기중심으로만 살아가려고 했다

참인 세상을 등지고

제 세상을 만들려고 수고만 컸다

세상에 자기가 만든 세상이 허인 사진임을 알면

고개도 못 들 부끄러운 일이다

참인 세상에 나는 것이 인간의 목적인 것이다

마음수련회도 허인 자기를 가지고

참을 허에 넣으려고 하는 자는

결국은 허인 귀신일 것이다

귀신인 자기가 다 없어야

신의 자식으로 거듭날 수가 있지 않은가

자기의 허상의 세계를 다 없애고

실상인 세상에 거듭 다시 나자는 것이

마음수련회의 뜻이 아닌가

인간의
관념 관습에는
참이 없다

천지가 살아 있구나
천지는 대 영과 혼으로 되어 있구나
일체가 그 영혼의 표상이라 살아 있구나
인간이 세상 나서 사는 것은
인간이 세상과 하나가 되어
삶을 살아야 하는데
인간이 자기의 마음속 갇혀
삶을 살아가고 있구나
세상에 일체의 것이 없으면
참세상이 있어라
그것 모두가 사람의 망념인 마음속에 있어
사람은 세상에 사는 줄 착각하고 사는 것이라

인간의 관념 관습에는 참인 도가 없다
사람은 자기가 배우고
자기가 아는 것만큼 말하고 산다

사람은 자기의 마음세계를 만들어
그 자체가 이미 허상이고 죄인 업이고 사진이라
맞는 것이라곤 하나도 없는 것이라
인간이 가진 관념 관습은 모두가 허상인 사진이라
참도 없고 실이 없기에
아무리 성인군자 이야기를 하고
아무리 성인군자 행을 해도
실인 세상에 없기에
허인 자기는 모르지만 허 자체라
관념 관습이 맞는 것이 하나도 없는 것이라
실이란
자기가 세상 난 자가 하는 행 일체가 실인 것이라

살아 있는 세상

구름 한 점이 없고

맑은 하늘에 헤아리지 못할

수많은 별만 말없이 떠 있구나

그 옛날 옛날에도 있었고

말 많은 사람의 역사에도

그 별이 말없이 그냥 있었다

말 많던 사람은 세월에 잡아먹히고 말았구나

천하에 있는 천체와 만상만물도

언젠가는 세월에 잡아먹히고 마는구나

인간 마음의 세계에 있는 이야기이구나

세상에는 일체가 살아 있는 존재이구나

세상이 되어 보면

세상과 하나가 된 것은

모두 다가 다 살아 있구나

물 흐르듯 못 사는 이유

옛날에 수많은 이런저런 이야기와 역사가

하나도 없는 상이 상상에 있구나

인간이 세상에 있으면서 자기의 욕심으로 가진

수많은 사연들은 모두가 꿈이었구나

꿈은 있되 없는 허상이고 없되 꿈이 있듯이

그것은 망상에서 난 것이라

인간의 삶도 망상에서 나고 또 삶 산다

흘러간 시간을 굳이 가지려고

또 흘러간 세월을 돌이키려고

인간은 애쓰고 노력을 하나

모두가 부질없는 짓이라

지금의 현실에 살고 현실에 있는 것이 도라

수많은 상을 가지고 현실인 지금 살아가는 것은

그것이 짐이고 그것이 무거운 업이라

인간이 그냥 산다는 것도

인간이 그냥 있는다는 것도

모두가 말만 있지

자연처럼 물 흐르듯 못 사는 것은

자기 속에 그림 가진 것으로

옳다 그르다 시비 분별하며

자기의 관념 관습에서 비롯된 것이라

나무이면 나무이어야 하지

나무의 그림자가 나무가 아니듯

인간이 세상에 살면 세상 살아야지

세상의 그림자인 세상을 그려 넣은 것은 무슨 연유인가

가짐에 욕심이구나

세상 소식 못 듣고 말 못하는 사람은

이유 뜻도 모르지만

또 이유 뜻 알려는 자도 없구나

인간이 참회 회개는커녕

귀신세계에서 저가 잘났다 아우성이구나

사극의 한 장면과 다를 바가 없구나

저가 만든 극 속에서

짓고 부수고 있는 모양이 우습구나

세상에 정신이 없어 세상 있지 못하고

저가 만든 극 속에서

다람쥐가 쳇바퀴 돌듯이

그 속에서 살아야 하니

비디오테이프의 하나와 같이

생명이 없구나

허상은 죽어 있구나

신선세계

홍송이 꽉 어우러진

산속에 호수가 있어라

하늘 높이 치솟아 서로의 키 크기를 자랑이라도 한 듯

쭉쭉 뻗은 붉은 송이 탐스러워라

자라는 데 오랜 시간이 필요했듯이

수백 년이 된 나무라 향도 좋구나

호수 위에는 저 높은 가파른 바위 사이에서

폭포가 줄기차게 떨어지고

이름 모를 새가 하늘 높이서 떼 지어 빙빙 돌고 있구나

홍송 위에는 점잖은 황새들이

이 소나무 저 소나무에 앉아 한가한 시간을 보내고 있고

맑은 하늘에는 흰 뜬구름이 운치를 더하구나

푸르다 못해 검은 물속에는

이름 모를 고기들이 왔다 갔다 하고

시름없는 자연을 벗 삼아

이따금씩 사람이 찾아오곤 하구나

가파른 산길을 따라 한참을 오다가 보니까

사람이 살지 않는 낡은 집이

나이가 백년은 넘어 보인다

이곳에는 누가 살다가 갔을까

혼자 생각하며 내려오니

노루들이 한가히 풀을 뜯고 있고

산새가 쉴 새 없이 지저귀는구나

산 위에서 내려오는 물소리가 요란한네

맑기가 그지없구나

한참을 내려오니

사람들이 많이 모여 살구나

신선세계에서 사바세계에 온 것 같구나

내 마음에 있는 세계는 사바 중생 세계이고

내 마음이 세상과 하나가 되어

내가 난 세계가 신선세계이구나

새 세상에 일하여 복 쌓자

가도 가도 가도 끝이 없구나
부질없는 인생사에는 좋고 나쁘고가 있어
좋은 것은 세상에 하나도 없구나
부질없이 바쁘기만 바쁘지만
해도 한 것이 없고 가도 갈 곳이 없구나
소리 없이 흐르는 세월 속에 허덕이며
덧없는 인생사만 팔고 살지만
인간이 무엇을 이룬다는 것은 허인 자기를 지키고
허인 자기의 명예와 안위를 위해서이라
오로지 나만 위해 나의 꿈속의 세상서 허덕이다
빛의 나라에 나니 눈 밝아 천지의 이치를 알겠구나
인생에는 가질 것도 가지고 갈 것도 하나도 없지만
참 나라에 복인 재물을 쌓는 자는 참 재물이 많구나
인간이 살아 해야 할 것은
빛인 참세상에 나고 참세상서 일하여
많은 복 짓는 것이 현인이다

세월은 말없이 흘러가고
제일 못한 자는 무거운 짐 지고 허덕일 것이다
많은 이가 이렇게 살지만
그것을 아는 자도 세상에 없으니
인간의 고뇌에서 벗어나는 것은
자기가 다 죽어봐야만이 알 수가 있을 것이다
자기를 놓고 삼자가 되어 봐야 자기 입장서 안 보듯
자기 죽고 세상인 우주 입장이 되어 보면
세상을 바로 보고 바로 알 수가 있는 것이라
세상 난 것은 살기 위해 났고
참인 세상에 재물 쌓기 위해 났다

덧없는 인생을 살지 말고
빛이 있는 나라에 나서
모두가 새 세상에서 일하여
부자인 새 세상을 만들자

4부

인간 완성이란
가짜인 자기의 몸 마음을 버리고
진짜인 본래의 몸 마음으로 다시 나는 것이라
깨끗하고 지고한 진짜의 자리는
자기를 가지고 이루는 것이 아니고
가짜인 자기를 다 버리는 것이라

- 본문 중에서

하늘 나고 사는 길

하늘은 높고 구름 한 점 없구나

천지는 이것에서 나왔고 이곳으로 되돌아가구나

사람이 난 곳도 하늘땅의 조화로 난 것이다

이 하늘은 끝이 없고 말이 없으나 전지전능하여라

하늘 이전의 하늘이신 정신에 내가 있는 것이 감사하구나

세상에 있는 것이 감사하구나

내가 본정신 차리니 세상이 나와 하나이고 세상과 순리로 살구나

하늘 보고 질하고 빌있던 것도 하늘은

하늘인 본정신이 아니면 이루어준 것이 하나도 없구나

이 세상에 있는 것은 모두가 하나의 뜬구름과 같고

이 하늘인 정신의 나라만이 영원한 진짜의 세상이구나

인간이 완성이 되고 인간이 사는 것은

이 하늘 나고 사는 것인데

이 길은 오직 자기를 버리는 길이라

자기가 없으면 하늘 정신만 남고 그 하늘에서 다시 나는 것이라

보따리 속의 사람 신세

세상에 평화를
세상에 대자유를
세상에 행복이 가득하길

이 천지는 하나의 세상이나
사람이 이 천지의 뜻을 모른다
사람은 자기 속에 살아 세상을 모른다
길 가다가 보면 수만 가지를
보고 듣고 살아가지만
그것이 하나의 부질이 없는 것이라
나그네는 갈 곳도 모르고
망념 속서 허둥대고만 있구나
자기의 짐 속에 갇혀 허둥대구나
자기의 짐이 너무 많고
짐 보따리 속에 자기도 갇히고 말았구나
눈에 보이지 않는 보따리 속서 세상 나오지 못하고

그 속서 허둥대다가 그 속서 죽고 말구나

보따리에 가진 것이라고는

모두가 세상 것을 훔치기는 훔쳤으나

세상 것을 복제한 사진에는 실이 없구나

이유도 뜻도 모르고 허세상 살다

이유도 뜻도 모르고 허세상 가구나

영원히 생명이 없는 죽음이구나

인간이 세상 사는 것은 살기 위해 사는 것인데

살기는커녕 그 보따리를 못 잊어 살지 못하니 죽음 자체이구나

흐르는 세월 따라 자연 소멸이구나

죽어봐야 저승을 알 텐데

죽어보지 못하고 그 보따리만 유지하려 하구나

자연의 섭리

흐르는 강물 따라가노라면

그 강물이 말도 없고 그냥 유유히 흘러흘러

어디론가 가는 것은 자연의 섭리라

말이 없지만 제 할 일을 하고 있구나

산은 산대로 물은 물대로 제 할 일을 하는 것은

모두가 생긴 모양에서 하나님이신 자연의 뜻에 살구나

말 많은 인간은

하는 것이 자연의 순리에 맞지 않는

자기 뜻의 세상에 세상을 맞추려고 하니 고통 짐이 많아라

그 모양이 생긴 대로 그냥 살면 되는 것이지

자기 것 만들려니 수고만 크구나

바람이 부는 것도 자연 속에서 조건에 부는 것이라

자연의 섭리대로 인간이 살면은 될 텐데

헛된 꿈꾸며 헛행을 하고 사니 매일 후회만 있고

이룬 것이 또 못 이룬 것이

항시 자기의 마음에 차지가 않구나
세상의 마음이 되어 세상을 긍정적으로 살면은
세상살이에 그냥 살 수가 있으나
헛된 망상의 자기의 마음에 맞추려니
해도 항시 마음에 안 드는 것이라

세상에 있는 것은 모두가
그 모양에 제 역할을 하며 마음 없이 살아가고 있으나
인간만이 자기 마음에 살아 그 마음에 채우려 하니
그 짐이 많은 것이라
또 그래서 세상과 하나이지 않고
세상을 원망하고 부정하는 것이라
그 망념을 던져버리고 본래로 가서 살면은
대자유고 해탈이라
인간의 고통이 없고
참 삶을 살 수가 있는 것이라

그 허상이…

매서운 찬바람이 불고
그리운 고향 산천에 부모 형제를 떠나는 심정은
참으로 가기가 싫구나
그러나 무엇을 위해 떠나는지 떠나가야만 하는 것은
보다 잘살기 위함이라
인간은 헤어짐의 연속이라
그 옛날 떠나간 자는 싸늘한 시신이 되어
고향에 다시 온 자도 수가 없이 많다
성공을 위하여 떠난 자는 수가 많지가 않고 드물구나
사는 삶을 잘살기 위하여 공부하러 떠나는 이
공장 생활을 하기 위하여 떠나는 이
그 수가 많지만
모두 다가 그 고향을 가슴에 담고
세월이 지나도 그 옛날의 고향을 가지고 있을 것이다
고향이 그리운 것은
어린 시절에 책임이 없고 자유로이 있어서이라

인간 사는 동리 동리가 애절한 사연에
집집마다 살고 있었어라
그러나 모두가 산 곳이 자기의 마음속에 살아서
그 마음속서 벗어나지 못해서이라
정답던 모든 이도 어디론가 모두 다 떠나가고
지금은 그런 사람이 아무도 없고
객지에서 사는 소식이 간간이 들려라
너나가 없이 인간의 마음속서 같이 실있딘 곳이라
모두 다가 헛것인 그림 속이었어라
하나의 허의 세계요
지난 삶의 모든 것도 사진 속에 살아 헛것이라
가도 와도 있어도 없어도 인간은 모르고
덧없이 생을 살다가 산천에 묘가 남구나
아웅다웅 살던 처처에는 사람도 변하고
인심도 내 마음속에 있었던 그런 곳은 없어지고
몇몇의 낮익은 사람 외에는 모르는 사람이구나

돌고 돌고 떠나고 떠나고
살기 좋은 곳을 찾아 헤매었으나
뜻 이룬 자는 없어지고
세월 따라 가는 곳 모르고 간 이들 모두 어디 갔나
모두가 허상세계서 아직도 헤매고 헤매일 것이다
그 허상이…….

본래라야 참 본래로 살 수가 있다

날 밝으면 천지가

날 밝으면 만물들이

모두가 잠에서 깨어나 제각기 제 할 일을 하고 있구나

모두가 하는 행이 제가 하는 것 아닌

하늘의 뜻에 살고 있구나

모두가 스스로 사나 사람은 자기의 뜻에 살구나

천지만물은 스스로 살고 저절로 그냥 살고 있으나

인간은 인간이 가진 마음의 프로그램인 각본에 살고 있기에

힘이 들고 무거운 고통 짐 속에서 살구나

본양대로 살으라는 말은

본래의 모양인 우주심대로 살으라는 말이라

무거운 짐 지고 살지 말고 모두를 벗고

짐이 없고 완전한 참인 진짜 되어 살으라는 말이다

순리로 살으라는 말이고 자연심으로 살으라는 말이고

나의 뜻이 개입되지 않고

이것저것을 다 수용하고 살으라는 말이다

세상의 일체는 그냥 사나
인간이 자기의 뜻에 살려 하니 그 짐이 무거운 것이라
세상의 일체가 자연의 섭리에 살면은
누구나가 자유요 해탈이다
인간이 자기의 마음속서 살아
그 마음속에 세상을 맞추려니
힘이 드는 것이라
그 마음속서 사니
고통 짐이고 불평불만이고 부정적이라
인간의 그 마음을 벗어던지는 것이
마음수련회의 도법이라
인간이 없고 자연인 대우주의 신의 몸 마음으로
다시 나는 것이 참이라
아무리 인간이 점잖은 척 바른 척 맞는 척 착한 척 어진 척해도
참으로 점잖고 착하고 바르고 맞고 어진 것은
자연심이 되지 않고는 안 되는 것이라

본양대로 되지 않고는 모두가 허이고

본양대로 참으로 살지 못하는 것이라

본양대로 되돌아가는 것이 원시반본이고

그것은 허인 자기의 모든 것을 다 버리는 것이라

그래야 인간이 바로 되고 참으로 사는 것이다

신선은 그냥 살구나

동녘에 해 뜨고 산천초목이 잠 깨어 춤추고 있구나
산천초목 속에 초가집에 아이가 잠 깨어 작대기를 들고
병아리를 쫓고 있고 강아지가 아이를 따르누나
개구리가 물가에서 뛰어놀고
땅속에 있던 초목이 땅을 밀고 나와서
연노랑이 파란색으로 변해가고 있구나
말이 많던 아랫동리의 사람들은
바삐 바삐 농사일을 준비하고
힘이 없는 할머니 할아버지는 소죽을 끓이고
아낙네들은 부엌에서 밥을
나무와 초목에 불 지펴서 하고 있구나
곳곳에 논밭에는 남정네들이 일을 하고 있는데
아낙네들이 밥상을 차려서 가지고 온 것을
들에서 한가히 밥을 먹고 있구나
하늘에서는 종다리가 울고
동리 집집마다에는 꽃들이 피어 있고

산천에는 진달래가 만발하고 있구나

사람들이 사는 것은 자연 속에 사나

그 마음은 자연을 자기 속 넣고 살고

사는 삶에 욕심이 있구나

남보다 더 잘살고 남보다 잘되려

시기 질투를 하며 살아가기에 세상을 더럽히고 있구나

산천 초목과 하나가 된 신선은 같은 삶을 살되

인간세상이 아닌 신선세계에서

한가히 노래 부르고 시름없이 살구나

신선 나라를 기다리며 되게 하기 위하여 살구나

같은 사람이 같이 사나

신선은 신선 나라인 하늘나라 살고

인간은 자기의 마음속에 살아

그 짐 속에서 고통을 받고

귀신 이야기를 하며 살아가고 있구나

신선만이 세상 이치를 알고

말없이 시름없이 자유로 살아가고 있구나

홀연히 귀신세계 살다가 신선세계로 왔구나

대자연과 벗이 되어 하늘 달과 벗이 되어

그냥 있는 본래가 되어 사는 삶이 자유고

다 벗어던진 완성된 참세상에는 그냥 가짐이 없이 살구나

흘러가는 바람 물처럼 말도 없고

부딪힘이 없이 그냥 살구나

한가히 노래하는 새의 마음이고

산속서 한가히 뛰어노는 사슴의 마음이라

가시가 하나도 없구나

이것저것의 욕심이 없고 다 놓고 사니

크게 쉬기만 하구나

죽은 자가 말이 없듯이 산 자가 말이 없구나

신선은 사바세계의 중생들이

고통 짐에 허덕이는 것이 안타깝기만 하구나

만상이 난 이유와
목적이 이 존재의
몸 마음으로 다시 나서
영원히 살기 위함이라

푸른 창공은 예나 지금이나 다름이 없고 그냥 있구나

그 창공이 인간 사는 지구에도 만상만물에도

아니 있는 곳이 없구나

영원 이전에도 있었고 영원 이후에도 있는 것은

본래인 하늘 이전의 하늘이라

날 밝으면 하늘만 남아 있듯이

이 천지가 없으면 하늘의 본정신만 있구나

그 정신은 물질이 아닌 물질 이선의

스스로 존재하는 정과 신이구나

하나이지만 정과 신이 있어

없는 가운데 신이 존재하여

없는 것이 천지의 어머니요

신의 만상의 그 마음이 만상의 의식이라

천지에 나타난 것은 이 존재로부터 나타난 것이고

이 존재는 시작 이전에도 있었고

시작 이후에도 스스로 계시는 전지전능의 존재인

하나님 부처님이라

살아계시는 진리의 존재고 살아계시는 진짜인 존재라

스스로 완전하여 에너지가 완전한 진짜라

에너지와 신이 하나라 부족함이 없고

인간의 허상의 몸 마음을 이 존재의 몸 마음인

참 에너지와 신으로 거듭난 자는

죽음이 없이 이 나라에 영생불사신으로 살 것이라

이 나라는 그 자체가 에너지라

그냥 스스로 존재하여 만상이 난 이유와 목적이

이 존재의 몸 마음으로 다시 나서

영원히 살기 위함이라

완전한 나라

없구나 없구나

아무것도 없구나

없는 가운데 정신만 있구나

천지 만물만상의 근원이고

천지의 주인이라

창조주이시라

사람의 마음에 이 존재가 없어

사람은 창조주를 모른다

창조주로부터 다시 나야

세상이 완전한 참으로 화하여

세상은 밝아질 것이다

일체가 없는 것이 근원이나

형상의 있음의 일체도 또한 하나이라

세상은 나가 완전하니

다 깨쳐 있구나

거짓의 나가 죽고 죽으니

참이신 주님만 남구나

그 주님의 몸 마음으로 다시 나니

완전한 나라에 죽음이 없구나

사람이 산다는 것은

물질인 이 몸은 유한하여

완전한 나라에 살기 위함이라

물질로 나타난 이유가

그 형상이 세상에 나타나야

그 형상이 하늘나라에 그 형상으로 살 것이라

있음이 있어 있을 것이다

이 세상에 난 것도 인연이요

이 세상에 사는 것도 인연이요

이 세상에 살다 죽는 것도 인연이요

참 나라 난 자는 그 영혼이 영원히 살 것이다

무제 1

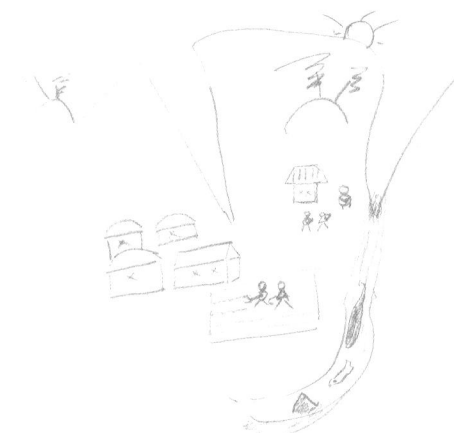

새소리 물소리 바람소리

세속은 혼탁하나

자연의 소리만

나의 심신을 쉬게 하구나

사는 자는 세파에 고달파 하나

정녕 자기의 마음속에 살아

고달픈 이유인 줄 모르고 있구나

가도 가도 갈 길이 없는 자가

바쁘기만 한없이 바쁘구나

이루려던 수만 가지의

마음 따라 가고 또 가도

정처 없지만 참인 세상 가는 것이

정녕 가야 할 곳인 줄 모르고 있으니

가슴이 답답하구나

무
제
2

사람들은
자기가 가진 세계가
맞는 것으로 우기나
그것이 안 맞는 것을 모르누나
인간이 이루려는 그 욕심이
인간의 짐인 줄도 모르누나
가슴이 아픈 것은
인간은 몰라도 너무너무나 모르니
옛 성인만 성인인 줄 알고
그의 제자 되어 배우고 있으나
가야 할 곳도 참인 것이고
되어야 할 것도 참이고
그곳에 생명을 타야 할 것도 참이다
알맹이인 그 자체가 없는 줄도 모르고
맹신하고 살아가니
몰라도 너무나 모르니

옛날 옛사람이었던

그 시절 사람과 살았던 나도 마찬가지였다

알맹이가 없으면 모두가 헛것이니

알맹이를 찾아야 참이 되지 않겠는가

참인 천극락

해탈이라

자유라

나가 없어 그지없이 편안하고

인간사에 이것저것인

좋다 나쁘다가 없고

재미있다 없다도 없고 시비 분별이 없고

맞다 맞지 않다 덥다 춥다 고통이다 행복이다도 없고

생로병사가 없고

그냥 자유라 해탈이라

그냥 살고 그 마음은 공심 자체나

영원불변 하늘인 진리의 마음 자체라

옛사람인 나는 없는 사진이고 허상 자체라

인간사의 일체의 것이 없어졌구나

하늘에는 참밖에 없고 하늘에는 자기의 복을 지은 만큼

그 기쁨이 더하여지는 것이라

극락이라

이 있음의 나라는 실의 나라라 실상세계라
진리로 거듭난 나라는 죽음이 없고
영생불사신으로 사니
이 나라에 난 자는
참이라 진리라 있음이라
죽지 않고 영생하리라
세상은 완전하나
인간이 세상을 사진 찍어
자기의 마음의 세계에 하나의 영화의 필름처럼
가지고 있기에 인간의 마음은 없는 것이고
신인 본래인 진리의 마음은 비물질적 실체라
있음이라
이것은 시공이 없고 스스로 존재하며
어디에나 아니 계시는 곳이 없고
태초에도 계셨고 태초 이전에도 계셨고
영원 이후에도 계시는 불사신이라

창조주이시고 이 자체는 대영혼인

무한대의 우주의 근원인 본래 자체라

천지만상의 어버이이시고

이 존재가 세상에 사람으로 왔을 때

천지 일체와 사람이 구원이 되기에

구세주라 하는 것이고 미륵이라 하는 것이라

인간이 세상 나 할 것은 사는 것이고 참이고

이 진리의 존재가 되는 것이라

만상이 참으로 거듭나 산다는 것은

일체가 죽어야 다시 나고 거듭난다는 것이라

진리의 나라는 산 나라나 인간이 진리의 마음이 없기에

진리의 나라를 볼 수가 없고 알 수가 없는 것이라

인간이 완성된다는 것은 진리가 되는 것이고

인간이 영원히 산다는 것도 진리가 되는 것이라

우리가 가야 할 곳도 진리고

다시 나 살 곳도 진리로 다시 나야 할 것이라

나로부터 벗어난다는 것도
허상인 나와 돈 사랑 명예 가족도
일체의 인간사로부터 떠나야
진리의 나라고 진리로 거듭날 수가 있는 것이다
진리 자체가 와야만이 인간이 진리가 될 수가 있어
인간이 완성이 될 수가 있으나
인간 마음에 세상을 사진 찍은 마음밖에 없어
진리 없기에 참인 존재가 세상 사람으로 와서
인간과 천지의 만상을 다시 나게 하는 것이
구원이고 천극락이라
참만이 참의 나라에 데리고 갈 수가 있고
또 참으로 다시 나게 할 수가 있을 것이다
천극락은 허상인 나가 다 죽고
참인 완전함의 몸 마음으로 다시 나
완전한 나라에 살아서 참이 되어야 하고
살아서 이 나라 간 자만이 천국에 살 수가 있을 것이다

지금 진짜가 되지 않는 자가
죽어 천극락 간다는 것은 어불성설인 것이다
가짜는 없는 것이고 허상이라 죽고 말 것이다
아니 없어지고 말 것이다
천극락은 진짜인 진리만이 사는 나라이고
인간사에 일체로부터 떠난 완전함이라
그지없이 편안하여 해탈이고 자유고
시공이 없고 일체의 망념이 없고 항시 그 마음이 쉬고 있어
그지없이 편안함만이 있는 곳이라

해원상생
解冤相生

덧없이 가버린 청춘

덧없이 가버린 젊음

무엇을 이루려던 헛된 삶 속에서

가버린 세월 따라 나는 늙어가고

세상에 이루고 한 것이 없구나

세상은 요지경이며 세상은 드라마라

이렇게 저렇게 사는 수많은 사람은

모두가 저 드라마 속서 바삐 사나

제 할 일을 못하는구나

흘러간 세월 속에

한 많은 세월 속에

그 한이 없는 것은

이루려고 하는 데 있는 것이 아닌

그 한의 마음이 없어야 한다는 것을

그것도 그 원한의 마음이 없어야

알 수가 있구나

인간은 수많은 사연에 모두가 바삐 사나

모두가 자기 마음속에 갇혀

자기 드라마를 만들고 창출하구나

부질없는 인생사다

부평초 인생사다

물거품 인생사다

허상의 인생사다

꿈속의 인생사다

하는 것도 드라마 속 빠져나온 자가

그것을 알 것이다

천지가 그냥 있으나

꿈꾸는 인간의 마음만 오락가락하구나

수많은 번뇌 속에 사는 삶에

이룬 것이 무엇이며

못 이룬 것이 무엇이냐

꿈인 인생사에

꿈 깬 자만이 인생사가 꿈인 줄을 알 것이라

헛것이고 사진이고

없는 것이라는 것을 알 것이다

하나의 비디오테이프 속에서

한정된 인생의 삶을 살며

아련하나마 옛 성인들이 말씀하신

마음이 가난한 자는 복이 있나니

천국이 지희 깃이다라는 말씀과

마음 닦으라 비우라는 말씀을 듣기는 들어도

어떻게 비우고 닦는 줄 모르면

그 말씀이 소용이 없구나

그러나 인생사에 뜻이 있는 것은

그 부질없는 가짜인 마음 닦아

진짜인 영생불멸의 신의 마음으로 다시 나면

인간은 완성이라

세상도 탓하지 마라

내 이웃도 탓하지 마라

내가 이루려던 것도

원한으로 남게 하지 마라

모두가 헛것이나

헛것 잡은 자는 헛것 모르고

헛것 버린 자만이 헛것임을 알 것이다

가고 오고가 없구나

이 우주 자체가 하나이구나

하나라 우주에 정신이 영혼으로 다시 난 자만이

영원히 사는 것 알 것이다

뱀 같은 머리로 천국을

미륵천을 쳐다보나

인간은 자기의 드라마 속 살아

진정으로 회개하지 않는 자는

그 하나인 세상에 나지 못하고

영원히 드라마 속서 돌고 돌 것이다

진짜란 있는 것이고
진짜란 산 것이고
진짜란 영생불멸의 존재라
그 자체로 다시 나면 해원상생이 될 것이다
인류가 영원히 사는 것도
모두가 마음수련회에 나와
남의 탓하지 말고
자기의 허상인 마음과
마음속 사는 자기만 없으면
이 땅 이곳이 천국이고 불국토라
갈 곳이 어디메냐
아무리 바삐 가도 갈 곳 없는 물거품아
물거품이 꺼지면 없어지는 이치도
참이 된 자만이 알 것이다
사악한 인간 마음에 사는 사람은
사악한 자기가 이루려고 하고

사악한 자기가 참이 되려고 하나

결국은 사악한 자기라

자기를 완전히 다 버리면

참이 나올 것이고 참의 나라에서

참으로 다시 나면 이 세상의 이치를 다 알 것이다

그냥 있는 밤하늘의

별들도 태양도 지구도 하나임을 알 것이다

부는 바람도 흘러가는 강물도

모두가 순리의 삶 사는 것 알 것이다

모두가 자연심인 본심의 삶을 사는 이치 알 것이다

바삐 또 바쁘게 어디 가는데 그리 바삐 가느냐

가도 가도 갈 곳이 없는 망념 따라 가고 있구나

가짜인 자기가 갈 곳은

진짜에 가야 참 갈 곳이다

나는 왜 이런가

신세타령하지 마라

너의 마음속에 가지려든 원한으로 인하여

그 마음이 있으니

허상인 너를 없애고

참이 되면

너는 부족함이 없을 것이다

참이 길이요

참이 진리요

참이 생명이라

말만 듣던 해탈도

나가 없어야 해탈이 되지

말만 듣던 대자유도

나가 없어야 대자유가 되지

허인 이 세상의 삶이 가짜라는 것은

나가 없어 진짜가 되어봐야 알지

천극락도 나가 없어봐야 천극락을 알지

우리말에 죽어봐야 저승을 안다는 것도

죽어봐야 세상의 이치를 알 것이다
말 없는 자연심이 되면
그 자연의 나이만큼 살 수가 있을 것이다
너의 망상의 그 마음을 다 놓아라
이 세상의 주인은 이 세상이다
이 세상에 다 맡겨봐
모든 자연도 이 세상에 나서 살지 않느냐
근심 걱정에 이루어지는 것도
근심 걱정에 되는 것 없다
세상 닮아 세상심으로 살아라
세상심이 근원이고 본래이고 본성이고
참이고 진짜이고 진리고
창조주이시고 하나님 부처님 알라이시고 한얼님이시고
이 자리가 원시반본해야 할 곳이다
내 마음 가지고 있는 자는
주인인 세상에 역행하는 자라

영원히 죽고 말 것이다

가짜라 없을 것이고

진짜인 진리인 세상 몸 마음으로 난 자는

세상의 나이만큼 살 것이다

세상시

낮이 있고 밤이 있고 산천이 있고 바다가 있고

산에는 수만 가지의 초목이 있고

바다에도 수만 가지 생물이 있고

낮이면 망념 따라 밤이면 망념에서 수만 가지 공상이 있었지

공상의 근원인 내 마음속에 살아가고 있으니

내 마음속에 묶이어

보는 대로 있는 대로의 세상을 보지 못했지

강물은 말없이 유유히 흘러가

미친 나의 마음을 설득해도 몰랐지

바람이 불어 내 마음 달래주어도 몰랐지

정녕 인간이 무엇을 해야 하는지 미친 자는 모르지

나의 마음에 묶이어 아무리 세상이 이야기를 하여도

들리지도 보이지도 않지

꼭 망념의 말을 해야 망념인 나는 알고

살아 있다 죽었다를 알 수가 있는 것도 망념이었지

가버린 헛된 수많은 세월 속에 그냥 허송세월만 보내었구나

진짜가 되는 곳이 진짜다

없는 내 마음속서 헤매고 헤매도 목적지가 없었지

알고 보니 나는 나의 마음속에 살았구나

내가 만든 마음이란 이 세상의 것을 사진 찍고

이 세상에 살았던 일체의 삶을 나 속에 사진 찍어

그 각본에 살았구나

그것이 실이 아니니 그것이 사진인 것이다

세상인 하나님을 등지고 내 세상을 만들었으니

그것이 업이고 죄인 것이다

그 속에서 벗어나 세상에 참마음이 되어 보니

세상은 살아 있고 세상은 이미 깨쳐 있고 세상은 완전하나

나의 마음이 세상과 하나가 되지 못하여

나만이 나 속 갇혀 세상을 보지 못하다 세상에 다시 나니

천지 일체가 나로부터 있구나

여기가 천극락이구나

비가 와서 파릇파릇한 초목도

이름 모를 산천에 스스로 있는

노란 파란 빨간 꽃도 보이기 시작하구나
신이 창조한 이 자연 이 천지보다
아름다운 곳이 세상에 없구나
모든 것이 옛날에는 나의 드라마 속에서 보이지가 않으니
일체가 자연의 조화로 인하여
이것이 있으니 저것이 있고
난 일체는 세상에 났기에 세상의 자식이라
세상의 나이만큼 살 것이다

허상의 인생사

세월 따라 가버린 수많은 사연은 모두가 없어졌으나

내 마음에 인간이 있어 인간은 죄업에 살구나

좋은 일 나쁜 일도 모두가 허황된 꿈이고 허상이나

인간은 그 속서 뜻도 의미도 없이 살구나

가버린 인생사에 그것 잡고 사는 자는

수많은 원한만 가지고 살구나

있음이 무엇이고 없음이 무엇인지 알지도 못하고

덧없는 인생사에 매어 살구나

말이 없는 자연만이 말이 없는 세상만이

인간의 어리석음을 알리라

무엇을 위해 사는지도 모르고

정녕 인간이 가야 할 곳인 진짜가 되는 것만이

다 이룸인지도 모르고 살구나

허상인 나가 없어야 참으로 다시 나고

허상인 나가 없어야 진짜의 입장이 되는 이치도

된 자만이 알 것이고 된 자만이 그 행을 할 것이다

천극락도 간 자만이 천극락을 알 것이다
세월 따라 가버린 수많은 사연도
인간이 가지고 있으니 사연이 있고
그 마음이 하늘 자체인 자는 사연이 없고
그냥 그대로 현실에 맞게 살구나
과거의 사연의 마음 가진 자는 미래가 있어
그 마음에서 근심 걱정을 하고 살구나
그 마음이 진짜가 된 자는
인간 마음의 세계가 없어 자유고 해탈이고
인간사의 일체로부터 벗어나 살구나
없는 인간의 마음 가진 자는 그 속서 죽어 있고
없는 세상서 고통 짐을 지고 살구나
이 세상이 이미 완성이 되어 있고
이 세상은 이미 깨쳐 있으나
인간만이 세상과 하나가 안 되고 자기 속서 죽어 있구나
이 천지에 주인이 와야

이 천지에 살 수가 있는 법이라

이 천지에 진짜가 와야

인간이 진짜가 될 수가 있는 것이라

인간이 이루려던 모든 것이 뜻 의미가 없다는 것을

진짜가 된 자만 알 수가 있을 것이다

진짜란 이 세상 이전에 근원인 원래이고 또 세상이라

인간이 세상 사는 줄 착각하고 사나 인간은 세상 살지 않고

세상과 겹쳐진 자기의 마음속에 산다

가짜가 진짜 되는 것만이 구원이고

다시 태어나 영생불멸의 참인 진짜나라 살 것이다

세상난
참의 인생사

덧없고 부질없는 물거품 인생사를 옛인들이 말한 것은

인간의 삶이 시한이 있어 했던 말일 것이다

나는 그 덧없고 부질없고 물거품인 인생사를

인간에게 가르치어 진짜가 되게 하여

덧없고 부질없고 물거품이 아니라는 것을 가르치고 있구나

대자연이 나기 이전 자리인

본래 자리를 가르치고 있구나

완전히 본래로 되돌아가서

거기서 다시 참으로 나게 하구나

사람들은 철없이 살기를 꿈인 자기를 가지고

그 허인 자기가 살기를 바라서 그것이 문제이구나

나는 한마디 말도 못하고

불쌍한 중생이다 한숨만 쉬누나

갈 곳도 산 것도 모르고 허상인 자기가 있는 것은

가짜임을 모르고 살아가고 있구나

진짜란 세상에 있음이고

그러나 인간은 세상에 있지 못해 없음이라

인간은 세상에 살지 않아 없음이라

세상에 있는 것은 있는 것이고

세상에 없는 것은 없는 것이나

인간이 이것을 모르는 것은

인간이 세상의 입장이 되지 않아서이라

모든 경은 이 세상의 입장에서 말한 것이고

인산이 참 뇌려면

참의 본래가 사람으로 세상에 와야

사람이 참이 될 수가 있는 것이라

참이 되게 가르치는 사람이 있으면

그 사람이 참일 것이다

사람들은 자기가 진짜가 되려고 하나

가르치는 사람은 진짜로 받아들이지 못하고 있구나

그러나 정녕 사람은 참이 되어도 자기가 한 것도 아니고

참이 해준 것일 것이다

인간은 자기가 잘나 세상 사는 줄 알고
자기밖에 모르는 허상이라
이 세상이 완전한 것은
정신의 나라에 난 것은
아무리 부수고 없애고 하여도 그냥 있어서이라
부수어 없어지는 것은 그것은 허상이고
세상 난 것이 아니다
없는 것이 있는 것은
진짜인 세상 난 것이 있는 것이고 산 것이라
세상이 천국이고 극락이라
이렇게 난 자가 참의 인생이라

산천과 자연은 살았구나

산천은 푸르고

산골짝에는 옥수가 흐르구나

산골짝에 다람쥐가

놀라 달아나고 꿩이 날아가구나

이름 모를 새가 날아가고

진달래와 철쭉과 나무에는 흰 꽃이 피어 있고

다래나무에는

다래나물이 한량이 없구나

또 취나물이 있구나

산불이 날까봐 불 끄기 위하여

뚫어놓은 도로가 있구나

많은 사람들은 이 길을 따라

산나물을 하러 봉고차로 가는 길은

한 번도 보지 못한 절경이구나

겨우 차가 갈 정도의 길 따라

굽이굽이 돌아 산 정상에 이르면

봄기운에 산천의 아름다움은

간 자만 보기가 안타깝구나

도회지에 찌든 사람들은 그저 자연과 함께

마음이 없이 산나물을 하구나

모두가 사악한 인간 마음이 사라지고

그저 그 마음이 밝기만 하구나

골짜기에는 너무 가팔라서 가지 못하나

물길 따라 가고픈 생각이 나누나

누가 살았는지 집이 허물어져 있고

그 연유를 알 수가 없는 가운데

내 마음은 살았던 이의 이유를

이렇게 저렇게 생각을 해본다

춥지도 덥지도 않은 봄기운에

이 시간만은 오래 가지고 싶구나

아랫동리에는 골짝 골짝마다 마을이 있고

오랜 세월 동안 이곳에 살았던 이야기가 전해오고

임진왜란 때 산속으로 도피하여 와서

너무나 산속이라 아직까지 자동차도 가지 못하니

지금은 도회지로 거의 다 나갔다고 하구나

골짝 골짝마다 흐르는 물은 너무너무 깨끗하고

오랜 세월 동안 물길 따라 생긴 바위와 돌들은

깨끗하기가 그지없구나

옛 신선이 살았다는

가야산 뒤쪽 산의 아름다움이었다

신선은 마음을 닦아야 신선이 되고

인간이 사악한 죄업의 마음을 사해야 된다는 것도

닦은 자만 알 것이고 신선 된 자만 알 것이다

수많은 세월 속에 인간사의 이야기가 곳곳에 많지만

옛인이 있었던 것은 후세가 있어서이고

간 이는 말이 없고 세상에 없구나

다 덧없는 인생사였구나

아무리 세월이 지나도 세월이 없이 그냥 사는 것은

인간이 세상에 나 있었으면 아직도 살아 있었을 걸

인간이 세상에 살지 않아

세상 나이만큼 그 영혼이 살지를 못하구나

주막집 막걸리 집에서

한 잔의 막걸리를 마시며

신선 만드는 신선은 세상에 없었고

부처 만드는 부처가 세상에 없었고

또 성인 만드는 성인도 학교도 없었다는 걸

혼자 생각하여 본다

사람들은 가짜인 인간의 한세상에 살려고 발버둥치지만

현자는 세상의 한세상에서

세상 나이만큼 살려고 자기를 버리누나

그것도 고마운 일이구나

그것도 기특한 일이구나

인간의 삶이 부질이 없지만

진짜로 난 자는

진짜나라에 영원히 사니

인간이 이것 하러 인간으로 나서

갈 곳이 여기고 살 곳이 여기임을

인간이기에 모르구나

허상의 삶만 살고 있구나

안타까움에 막걸리만 한 잔 더 청하여 마시누나

하늘 난 자 하늘 살고 땅에 난 자 땅에 산다

하늘이란

인간이 볼 때에는

구름이 있고 또 텅 비어 있고

또 파랗다고도 보고

보는 것이 여러 가지나

참 하늘은 살아계시는 성령과 성혼이신

대영혼 자체이시다

일체가 아무것도 없는 자리가 성령의 자리고

없는 가운데 일신이 존재하는 것이

성혼의 자리라

우리말에 신령스럽다는 말은

이 존재가 살아계시어서

천지 만물만상을 창조하시니

살아계시기에 신령스러운 것이다

사람은 이 땅에 태어나

세상을 복사한 자기가 만든 땅을 그 마음에 가지고

그 마음속에 사니

땅에 난 자는 땅에 사는 것이라

하늘 난 자란

진리이신 성 영혼으로 거듭난 자는

하늘에 난 자라

하늘 일하며 하늘 산다는 뜻이라

허상이고 가짜인 자기가 일체 없는 자라

이 나라에 날 수가 있고

이 나라의 주인이 사람으로 왔을 때만이

사람이 하늘에 날 수가 있고

또 사람이 참이 될 수가 있고

또 그 나라 나서 살게 할 수가 있을 것이다

바로된자
바로가르치고
바로산다

세상은 이미 깨쳐 있고

세상은 낮처럼 밝은 빛의 세계나

사람의 의식이 자기 마음의 세계에 갇히어

밝은 세상을 보지 못하누나

빛의 세상을 모르는 사람들은

모두 다가 참 빛 모르고

고통 짐 지고 살구나

어두운 마음속서

갈 곳도 모르고 그 마음의 각본 따라

고통 짐 속서 살아가고 있구나

인생사를 탓하여도

탓이 자기임을 모르고 있구나

한없는 세월 속 그 마음속에 사는 사람은

그 자체가 허상이고 귀신임을 모르누나

다정했던 모든 이는

아쉬워했던 모든 이는

250
──
진짜가 되는 곳이 진짜다

참 빛의 나라에서 보니

모두가 없는 허상의 귀신이었구나

원수도 원망하는 자도 가족도 친구도

모두가 허상인 없는 존재였구나

없는 존재와 살아왔고

없는 존재와 이야기도 하고

없는 존재와 이런저런 생을 살아서

사람은 욕심인 자기의 뜻대로 살지 못하여 원한이 많구나

수많은 세월이 지나가고

수많은 세월이 지나오고 해도

인간의 마음속에서는 이 문제가 해결이 나지 않을 것이다

언젠가는 인간이 바로 서고

참 빛의 나라에 모두가 살 때만이

인간의 이 문제가 해결이 나고

궁금하고 의문의심이 나는 것도

자기의 망념 속에서 나는 것이고

이 망념이 허상임을 알고
또 나가 허상임을 알 때 해결이 날 것이다
빛인 참에 나봐야만이 허상인 인생임을 알 것이고
꿈속의 삶을 알 것이다
빛의 세상에 난 자만이 지혜가 있어
어리석음에 살지 않아 어두움이 없을 것이다
말 없는 대자연은 빛의 나라에서 시름없이 살지만
말 많은 사람은 어두운 세상에 갇혀 죽어 있으니
참으로 안타깝기가 그지없구나
인간이 참인 완전함으로 다시 나
영생불사신이 되어 영원히 산다는 것은
경에서나 듣던 말이 참으로 이루어지니
이것이 생시인지 꿈인지도 모르겠고
또한 기적은 가짜가 진짜가 되는 것이다
기적은 없음을 있음으로 만드는 것인데
이 세상을 다 있음으로 만들면

그것이 기적 중에 기적이 아니겠는가

종교에서는 미륵과 구세주와 정도령을 기다리나

그 존재는 참인 존재이나

인간이 그 참을 모르니

인간이 참이 되어봐야만이

미륵 구세주 정도령을 알 수가 있을 것이다

가짜인 인간을 진짜로 만드는 것이 구원이고

구세주가 하는 일이라

세상은 살아 있으나

이 세상도 실상세계에 구세주만이 살릴 수가 있을 것이고

또 참만이 인간을 참으로 만들 수가 있을 것이다

지금도 인간이 참이 되어보려고

세계의 각 곳에서 이것저것을 하며 찾고 있으나

정녕 인간이 참 되는 것은

자기의 마음과 자기가 없고

세상인 참으로 거듭나야만이

인간이 참이 될 수가 있을 것이다
이 세상에 수많은 사연과 일들도
인간이 만든 마음속이나
참인 빛의 세상에는 근심 걱정이 없고
자연심으로 그냥 살고 있구나
없는 인생사를 놓고
모두가 자기의 관념 관습 속서 빠져나와서
참인 세상에 사는 것이
인간이 해야 할 일 중에 가장 시급한 일이고
그것만이 구원을 받고 지혜로 세상 나서 살 수가 있어
인류가 하나가 되어 모두가 웃으며 살 수가 있지 않는가
세계인은 마음을 닦아 진짜로 다시 나면
진짜라 웃음이 그칠 날이 없고
모두가 행복하게 살 수가 있을 것이다
내가 잘살기 위해 전쟁이 있고
내가 잘되기 위하여 남을 괴롭히나

인간의 마음이 없으면 남을 위해 살 것이다

정치도 이 마음수련을 한 이가 해야 하고

종교, 철학, 사상, 학문도 마음을 닦아

참이 된 자가 해야만이 바를 것이다

자기를 다 버리고 참으로 거듭난 자만이 바르고

참으로 살게 하는 방법을 알 것이다

참과 허는 하나 같지만

의식이 자기 속 갇힌 사와

세상의 의식이 된 자와의 차이이고

하늘과 땅의 차이인 것이다

진짜가 되어
사는 삶

마음속 가지고 있던 수많은 사연 사연이
모두가 세상에는 없는 나가 만든 허상이었구나
세상의 일체를 나 속에 다 가지고 그 속에 살다
그 세계가 없고 나가 없으니
실상이고 있음인 근원이고 본래만 남아
나는 본래로부터 다시 나니
나의 영혼은 본래의 화신이구나
나가 없으니 자유이고
나가 없으니 해탈이고 대휴하구나
창조주의 나라에 인간 모두가
창조주의 자식으로 거듭나고
이 세상을 창조주가 창조했듯이 인간도 마찬가지였다
그 창조주가 인간으로 세상에 와야
이 천지와 사람을 실상세계인
세상에 나게 할 수가 있는 것이 기적 중 기적이구나
생시인가 꿈인가

인간이 완성되어 영원히 사는 것이 한없는 기적이나

허상의 인간은 참을 모르니

이것이 옳은지 저것이 옳은지를 모르누나

본래에 감사하고 본래의 뜻에 하나가 되어

세상인을 구원하고

세상을 불국토로 천국으로 모두가 거듭나게 하여

내가 참된 것을

만의 하나의 은혜를 세상을 구원하는 데

인생을 바쳐야 하지 않겠는가

다 버리고 나가 없으니

이 세상은 살아 있는 천극락 그 자체에서 영생복락이구나

가도 갈 곳이 없고 또 구하려고 하던 마음이 참이 되니

다 가지니 부족함이 없고

번뇌 망상의 일체가 없고

탐진치 칠정오욕이 없구나

나는 한 것이 하나도 없고 진짜만이 다 해주셨구나

감사하고 감사할 뿐이구나
대가도 바람도 없이 해주셨듯
나도 나가 한 바가 없이 세상을 구원하고 살 것이다
뜻도 의미도 없는 인생사를 던지고
참의 나라에 복락을 쌓는 것이
현자가 또 참인 지혜자가 하는 일이라
나의 복을 영원한 하늘나라에 짓고 쌓아서
권세를 가져야 하지 않겠는가
이것이 어리석은 자는 없는 땅에다 재물 쌓고
지혜로운 자 있는 하늘에 재물을 쌓는다는 말이다
나가 없어 대자유이고
나가 없어 세상 이치를 다 아는 나라 죽음이 없는 나라
그 나라에 든 자만 인간의 의의와 가치를 알고
생의 의미를 알 것이다
죽고 살고의 기로에 선 사람은 주저치 말고
참인 세상 나야 하지 않겠는가

뒤돌아보니 어리석음만 있었던 인생사에
또 허상의 귀신인 나가 없어졌으나
미련도 아쉬움도 하나도 없고
그렇게도 잘 없어지지 않던 내가 없어진 것이
정말로 신기하고 속이 후련하구나
뒤돌아보기도 싫구나
아쉬움 한숨도 달아나고 일체의 고통 짐이 없어졌구나
나를 두고 얻으려던 참이
나가 없어지니 참이 되어 그 영혼이 참으로 다시 났구나
공중에 나는 새처럼 천지만물처럼
그 마음을 다 놓고 살 수가 있고 그냥 살구나
자연심이 되어 살구나
너무 좋아 이 나라 못 간 사람 위해
한세상 이 나라 가게 하는 데
이 몸 바치리라

마음공부를 가장 잘할 수 있는 방법

자기가 허상임을 인지하고
자기는 허상인 귀신이라 죽어도 싸다
수련법에 일곱 가지의 마음속에 있는 것이 없어도 싸다
귀신은 돈 사랑 명예 가족 자존심 원수
귀신세계가 없어도 싸다

세상에서 제일 어려운 것은
사람이 참이 되는 방법이 가장 어렵고
그 방법이 있어도 못하는 자는 어리석어 죽을 자다

진짜를 만드는 이가
미륵이고 구세주고
정도령이다

내 마음이 없으면

천지의 마음으로 천지에 닿아 삶을 살 것인데

내 마음으로 인해 나는 천지 되지 못하여

세상에 없었구나

인간의 삶은 누구나 사진인 마음속 살아

구세주를 기다렸구나

허를 참으로 만들어주시는

구세주만이 구원해 줄 수가 있으리라

참 자체이시고

참 자체가 사람으로 나타나신 자가 구세주이시구나

도의 정의를 가르치시고

도의 바름을 가르치시는

도가 되게 하시는 분이 정도령이시구나

이 천지의 마음과 하나가 되게 하여

이 천지를 불국토로 만드시는 이가 미륵이구나

사람이 살아서 참이 되게 하시고

참만 사는 천극락에 가게 하시는 자는
분명 구세주이실 것이다
그러면 참이 되는 대안이 있을 것이다
참이 되는 대안은 인간의 마음을 닦아
참으로 나게 하는 곳이 있다면 그곳일 것이다
인간은 참을 모르기에 참 있는 곳도 모른다
격암유록에는 마음 닦는 곳으로 가야 한다고 이야기했고
또 소 울음소리가 나는 곳으로 가야 한다고 했다
이 말들은 마음을 닦아 깨침이 있는 곳으로
가야 한다는 뜻일 것이다
인간이 완성되는 것은
자기의 일체가 없으면 완성인 진리자리가 나타나
그 자체가 내가 되는 것이라
인간의 완성은 가짜인 인간이
진짜인 진리가 되는 것이다

천국 가자고 하는 나의 말에 한 사람이 내게 다가와

천국이 어디 있느냐고 물었다

사람의 마음속 있다고 하니까 대수롭잖게 생각한 것 같았다

사람의 마음이 자기중심의 사진만 찍는 나라가 없어지고

완전한 신의 마음이 된 자의 나라가 가지는

있음의 세상이 천국이라

신의 마음이 된 자의 마음의 나라에 정신의 주인이

그 나라에 다시 살게 해야 인간이 완성이 되고

인간이 참 정신으로 다시 나는 것이라

천지의 주인이 물질을 창조하였고

천지의 주인이 사람으로 왔을 때

인간이 정신 나라에 다시 나 살 수가 있는 것이라

천지만상도 이 정신의 나라에 살 수가 있는 것은

정신의 주인의 뜻에 살 수가 있는 것이라

세상의 주인의 말씀에 부활이 되어 살 수가 있는 것이라

사람인 세상의 주인만이 살릴 수가 있는 것이라

원래의 마음

흐르는 강물은

흘러서 어디론가 가고 있고

갑갑한 심정에 강물 따라 어디론가 가고프구나

물은 자연의 순리 따라 말없이 흘러만 가고

높은 곳에서 낮은 곳으로 가고만 있구나

인간은 번뇌만 오락가락하여도

제대로 이룬 것이 세상에 없구나

바람이 불면 바람에 물결이 일고 비가 오면 비도 합류하고

수많은 식물에 물이 들어가 생명도 주고 있구나

이런저런 것을 다 해도

물은 말이 없고 그 생각조차 없구나

본래인 자연심

그 자체가 되어 그냥 살구나

본래로 간 자는 일체를 놓고

그냥 살 수가 있을 것이다

자기가 없으니 물질세상의 일체로부터 벗어나니

그냥 살 수가 있다

본래로 간 자는

인간의 번뇌로부터 떠났고

본래로 간 자는

물질세계의 온갖 것으로부터 초월한 완전한 이이다

참으로 자기의 몸 마음이 다 없어진 이만 갈 수가 있고

본래 주인이 그 나라 나게 하고

살려주어야 살 수가 있고

그 나라 살게 하여야 살 수가 있을 것이다

영원히 살아계시는

진짜는 진리이시고 본래이시고 본성이시고

근본이시고 근원이시고

하느님 하나님 부처님이시고

또 한얼님 알라이시고 하나이지만

이 자체가 정과 신이시고

성령 성혼이시고 성부 성령이시고

보신불 법신불이시고 신령이시고
본래의 몸과 마음을 일컬어
표현이 다르게 한 말이다
만상은 조건에 이 자체의 몸 마음을
받아 난 것이다
이 자체가 창조주이시고
이 자체가 전지전능한 존재이시다
전능이란
천지만상을 다 나타나게 하였으니 전능한 존재이시고
전지란
신이신 우주의 근본이시니
우주의 이치를 아시니 전지하시다
신의 마음은 일체로부터 떠난
완전하여 살아 있되 그 마음이 끊어진 마음이다
일체의 시비 분별과
이것이다 저것이다라는 인간심으로부터

벗어난 완전한 자리이시다
이 마음은 없는 마음이고 공심이다
신은 살아 있되
살아 있다는 마음조차 없는 것은
삶도 초월한 진정한 삶이기에
인간의 관념 관습 일체로부터 벗어난 것이다
대자유이고 해탈 자체이시다
그러나 진짜세계에 존재하시고 살아계시는 것이다
이렇게 된 자는 참 자체가 되었기에
물처럼 바람처럼 살 수가 있을 것이다

그림자인 허상서

세상 나와야 한다

그림자의 마음 가지어

사람은 세상의 그림자 속 살구나

사람은 세상 사는 줄 아나

사람이 세상에 살지 않는 것은

세상을 사진을 찍어

그 마음의 무대에서

그 마음의 각본대로 살아

그 마음의 노예가 되었구나

이 마음에 살기에

무대에서 비극의 엑스트라일 뿐이구나

이것저것이 있고

시비 분별이 있고

좋다 나쁘다가 있고

생로병사가 있고

탐진치 칠정오욕貪瞋癡 七情五慾이 있고

가고 오고가 있고 춥다 덥다가 있고

높다 낮다가 있고 잘난 이 못난 이가 있고

이것저것이 있구나

무대도 가짜의 무대에 가극을 하려니

무척이나 힘이 드는 삶이라

사람은 저가 잘나 세상을 사는 줄 알고 살지만

세상이 먼저이고 그 세상서 나서 세상의 것을

모두 다 훔쳐 먹고 살아가고 있기에

세상의 고마움도 모르고 부끄러워해야 할 일이디

세상에 놓여진 대로 그냥 살지

세상 것을 훔치어

굳이 자기의 세계인 사진의 세계를 만들 필요가 있었겠느냐

그것으로 인해 고통과 짐만 가중이 되고

자유가 없이 살았잖느냐

자기의 무대가 진짜가 아니고 가짜인 사진이라

사진 속에 산다고 생각만 하여봐도

그것은 끔찍한 생명이 없는

허상의 삶이 아니냐
허상의 무대에서 빠져나와 참의 세상에 나와 살면은
근심 걱정이 없고
자유 중 자유고
천지에 사람과 천지에 일체를 방생하는 것이 아니냐
인간이 생각하는 것은
모두가 사진이고 허상이고
쓸 것이 하나도 없는 것이라
모두가 부질없는 망상이고
사는 것조차 망상이니
자기 속의 마음의 세계에서 빠져나와야
살 수가 있지 않는가

세월이 없는 신의 나라

세월 따라 가버린

수많은 추억이 나의 가슴에 남아 있구나

세월은 흘러서 말없이 갔으나

아니 흘러감도 없었으나

나의 추억은 나의 가슴에 남아

그 시절 그때가 그립기도 하고

그 시절 그때가 원망스럽고 분노가 있기도 하고

즐겁기도 하고 생각하기조차 싫기도 한 것이라

세월은 말이 없고

말 없는 세월은 가지도 않고 그냥 있으나

내 마음만 가고 오고 하였구나

모두가 지나간 하나의 헛된 꿈을 가지고 사니

그것에 의하여 나의 마음이 있는 것이라

세상에 그냥 산다는 것은

그 마음이 없고 참의 마음으로 사는 삶이

그냥 사는 것이라

인간이 만든 가고 오고의 세월의 마음은

인간 생에 한정된 마음이고

그 경지를 넘어선 마음은

가고 오고의 마음이 없고

세월이 없구나

헛된 인간의 망념의 마음에서 벗어나

참으로 다시 나면

그것은 망념의 나가 없고

참인 신으로 다시 났으니

옛 시간에 살았던 옛인은 어디 가고 신인 나만 남아 있구나

세월 속에 사라진 그 세계 모두가 귀신의 세계였구나

나의 인생사에 일체가 귀신의 세계였구나

말 없는 자연만이 신의 세계에 살고

자연에 일체를 순응하며 살구나

그 마음이 자연심이라서일 것이다

뒤돌아보니 인간의 한세상 살다가 간 모든 이는

인간의 한세상이 전부였고

물거품 인생이었구나

모두가 없어지고 말았구나

세월을 벗어나 사는 이는

세월이 없는 완전한 세상서 세월 없이 살 것이다

나는 이 세월을 벗어나는 공부를 가르치고

세상의 한세상에 사는 방법을 가르치고 있구나

나의 마음이 진짜인 세상이 되어

진짜인 세상에 사람을 나게 하구나

원래부터 참세상이 나였고

참세상의 주인이 나였으니

참세상에 나게 하는 것도 나가 할 것이다

나를 통하지 않고는

아무도 참세상인 하늘나라 날 자가 없구나

참세상에 나는 전제 조건이

인간이 참이 되는 것이다

이 세상은 세월이 없이 사는 나라다
세월이 없으니 자연적으로 죽음이 없고
영생불멸의 신의 나라이구나
세월을 해탈한 자만이 세월 없이 살 것이다

진짜의 삶

비바람이 불면

만상은 그 비바람에 모두가 숨죽이고 있고

억센 그 비바람에 순종하구나

비바람만 활개를 치다 지나가 버리면

만상은 언제 비바람이 있었는 양 그냥 있구나

인간사도 흐리고 궂은날이 있으면 맑은 날이 있듯이

모두가 시간이 해결하여 주누나

인가을 완성의 고지에 데리고 가는 데는

미완성의 사람들이 말도 많았고

미완성의 사람들이 제멋대로 말하고 행했다

그러나 나는 그 비바람 속에도

고지로 끌고 가고 있었고

비바람이 없는 고지는 조용하기만 이를 데가 없고

그 고지에서 뒤돌아보니 사람들이 성의도 없었고

또 사람들이 열심이지 않아 따라오지 못했었던 것 같다

인간 완성이란

가짜인 자기의 몸 마음을 버리고

진짜인 본래의 몸 마음으로 다시 나는 것이라

인간은 약삭빠른 자기의 머리로 완성이 되어

자기가 잘났다는 것을 하기 위해 참 찾은 이는

모두 다가 죽고 말았다

깨끗하고 지고한 진짜의 자리는

자기를 가지고 이루는 것이 아니고

가짜인 자기를 다 버리는 것이라

자기가 없으면 진짜만 남고

진짜가 그 나라에 나게 하여야 날 수가 있는 것이라

성경에 보면 하나님의 말씀으로 거듭나지 않고

살 자가 없다는 말씀은

진짜의 나라에 진짜로 거듭나면

가짜인 옛 사람인 나가 죽고

진짜인 나가 진짜나라에 다시 나는 것이라

이 진짜가 다시 나라는 말씀으로

진짜나라에 진짜가 될 수가 있는 것이라

이것이 진리라

이 세상에 오묘한 것은 진짜의 세계가 오묘하고

인간이 가짜라 이해치 못한다

진짜의 나라에 진짜의 존재가

나라를 '다시 나라' 말씀으로 창조하셨고

그 나라 살게 하시는 진짜는

지적인 자기가 없는 자를

진짜나라 나게 하여야 살 수가 있을 것이다

이 세상에 사람은 실 아닌 허를 가지고 똑똑한 체하고

똑똑하다고 생각하고 사나

사람은 아는 것이 하나도 없고 모두가 거짓이라

자기 마음속에 가진 만큼 말하고 행하고 사니

그 마음속이 실이 아니고 허 자체라

아는 것이 없는 것이라

그것은 세상 것을 사진 찍어 가진 허상이라

세상에 없는 것이고 실이 아니니 허상 자체라

인간의 삶은 이 허상 속에서

이렇게 발전 아닌 발전을 하여왔으나

결국은 자기 마음속에 만족을 위하여

죽고 죽이고 빼앗고 훔치고 하였으나

인간성의 상실로 인하여 이 세상과 맞지 않는 자도

세상에는 많고 많은 것이라

남보다 나가 잘되어야 하고 잘살아야 하고

나 중심의 세상은 자기가 고독할 뿐이고

자기는 잘되고 잘살았을지언정

후세는 못되고 못사는 것이 아니겠는가

인간의 행복은 걱정 없이 사는 것이고

인간의 행복은 남이 더 잘살게 하는 마음이

행복한 마음이라

인간은 그 마음속에 가진 만큼 고뇌가 있고

그 마음속에 가짐이 없으면 고뇌가 없는 것이라

자기가 가진 것을 마음속에 가진 자는

그 가진 것이 없어지면

마음속에 가진 것이 있기에

고통과 짐이 더할 것이다

마음속에 가진 것이 없으면

가져도 안 가져도 걱정이 없을 것이다

인간이 대자연의 심인

신짜의 마음으로 나시 나면

인간 마음이 없는 고로

자연처럼 순리로 살 것이다

세상에 적응하여 살 것이다

모두가 하나가 되어 살 것이다

우리로 살 것이다

세계는 하나인 우리의 나라가 될 것이다

산 것이란 영원불변의 진리인 세상 이전의 세상인 하늘 이전의 하늘인 진리가 살아 있는 것이라.

진리를 복사하여 자기 세계를 만든 허상의 마음의 세계를 부수어 진리의 세계에서 거듭나야 인간은 영원히 살 것이다.

마음수련회의 하는 일은 가짜인 자기 마음세계와 그 속에 살고 있는 자기를 버리고 진짜인 진리의 몸 마음으로 거듭나는 곳이다.

가짜를 버리면 진짜만 남으니 이것이 인간 완성이고 살아서 영생할 수가 있고 천국 날 수가 있는 것이다.

이 나라에 난 자는 이 나라의 일하고 살 것이다.

마음수련회는 자기가 완성이 되는 곳이다.

각 종교는 완성을 이야기하는 곳이고

마음수련회는 완성이 되는 곳이다.

완성이 된 자는 참세상을 위하여 일할 것이다.

5부

이 세상에 있는
일체를 영원히 살리는 것은
본바닥의 주인이 사람으로 와야
영원히 살릴 수가 있는 것이라

- 본문 중에서

인존시대 2

잔 새야 잔 새야 어디를 가느냐

어디서 와서 어디로 가느냐

말없이 이 나무 저 나무에서

먹이 찾아다니다 가곤 하구나

제 할 일만 하고 살구나

근심 걱정도 놓고 살구나

휘파람 소리에

수많은 사연 가진 사람은 그 마음이 하도 많아

머리에 죽이 끓듯 하구나

새소리를 못 듣고 자기 생각에 쌓여 있구나

새소리 듣는 자는

자연의 오묘함과 신기함이 있는 것은

그 마음이 자연이 되어 생각함이라

그 마음에 자연심인 여유를 가져서이라

흐르는 강물도 그냥 흐르고

산천에 초목도 그냥 사나

인간만이 자기 마음에 욕심 가지고 살아
뜻을 못 이루고 있구나
인간이 이루는 진정한 뜻은
사람이 되는 것이라
진짜 사람이 되는 것이라
말 없는 자연의 심 되어 살아 있되
있음이란 낱말도 넘어간 경지
죽음이란 낱말도 넘어간 경지
기쁘다 슬프다 좋다 나쁘다 있다 없다
춥다 덥다 뜨겁다 차다 희로애락을 넘어간 경지
참이 된 나의 완전한 존재인 영혼이 살 나라라
일반인은 자기를 가지고 참이 되어 살려고 하나
지혜인은 못 쓰는 자기를 버리고
참이 되려고 할 것이다
대자연이 인간에게 삶을 가르치나
인간이 듣지도 보지도 못하는 것은

인간이 대자연의 마음이 되지 못해서이라

인간은 자기가 만든 마음속서

대자연의 이치를 생각 못하고

자기의 뜻인 자기만을 위하여 살아가누나

이유 뜻도 없이 늙어가고 이유 뜻도 없이 세상 떠나

마음속 사는 자는 없는 세상인 자기 마음속 갇혀 살아

죽음인 줄도 모르고 윤회 윤회하며 고통 짐 속서 살구나

다 죽어 자연심이 된 자는 대우주의 영혼이라

그 자연 속에 영생불사신이라

일체로부터 벗어나 자유고 해탈인 것은

그 존재가 인간의 고苦인

인간 생의 관념 관습으로부터 벗어나 이런 것이라

다 죽은 자만이 이 자리에 갈 수가 있고

자기라는 존재가 하나도 없는 자만이

이 자리에 다시 날 수가 있다

인간이 가도 갈 곳이 없는 것은

자기 마음속서 아무리 움직이고 이루어도

그것은 없는 허상이라 그런 것이라

사람이 세상 난 이유와 까닭은

사람이 완성이 되고 사람이 참이 되는 것이라

갈 곳이 참이요 살 곳이 참에서 살 것이라

가도 가도 끝이 없는 피곤한 나그네여

참에 가서 영원히 쉬어나 보세

영원 영원히 살아보세

보이는 인간의 한세상 살지 말고 우주의 한세상에 살아보세

우주의 한세상에 사는 것은

우주의 영혼이신 정신이신 영생불멸의 존재로

다시 나야 하지 않겠는가

이 존재만이 살아 있는 존재이고 진짜인 참이라

가짜인 인간의 몸 마음은 허상이라 못 쓰는 것이니

이것을 버리면 본래인 우주가 남고

그 우주에 영혼으로 이 몸을 다시 받아

거듭나야 하지 않겠는가

인존시대라

인간이 존중되는 시대이고

인간이 우주의 주인이 되는 시대라

인간의 뜻에 세상이 살고 죽고 하는 것이라

참인 세상에 주인이 사람일 때

참인 세상도 사람 속에 구원이 되고

인간도 참인 세상에 구원이 될 것이다

인간이 완성이 되는 이때에

모두가 회개하여 살아 천극락 가야 하지 않겠는가

살아 산 자가 되어야 하지 않겠는가

인간의 수천 년 아니 수만 년 이전부터 이루지 못하고

인간의 수수께끼였던 완성이 되는 이 문제가 해결이 났으니

모두 다가 자기 것만 맞다고 생각지 말고

되는 곳에서 하면 되지 않겠는가

천국도 말로 간다는 곳은 어찌 믿을 수 있겠는가

한 번밖에 없는 인생을 죽고 말 텐가

지금 당장 살아서 인간 완성이 되고

지금 당장 천극락을 가야 하지 않겠는가

내가 다니는 곳이 진짜면

지금 내가 진짜가 되어 있어야 맞지 않는가

어떤 존재이든 간에

진짜가 세상 와서

사람을 진짜 되게 하면

그것이 진짜가 아니겠는가

형상의 구세주를 기다리지 말고

마음의 문을 열어 진짜가 되는 방법이 왔거든

그 말을 믿고 하면 되지 않겠는가

참은 와도 가도 사람 눈에는 안 보이는 법이니

참을 눈으로 보려고 하지 말고

참 되는 곳이 있으면 참이지 않겠는가

진짜가 되는 곳이 진짜이지

진짜를 말하는 곳이 진짜이지 않겠는가
딴 사람들은 진짜가 다 되어도
경에 매인 자는 그것 가지고 그 속서 살지 않겠는가
예수님이 유태에 오셔도
유태인이 구약에 매여 있었기에 예수님을 맞이 못했듯이
옛날 그 형상의 예수님께서 하늘구름을 타고
천사들과 함께 세상 온다는 이야기는
사람의 뇜으로 참이 와노 또 참 된 자들이 와도
인간은 모른다는 뜻일 것이다
인간은 자기의 마음세계 속에 갇혀
하늘사람을 볼 수가 없는 것이라
미륵이 세상 와도 사람들은
그 형상에 묶여 있기에 모를 것이고
정도령이 와도 모를 것이다
모두가 한 존재인 참인 진리 존재가 온다는 이야기일 것이다
그 존재는 참을 만드는 존재일 것이다

봄
여
름
가
을
겨
울

화사한 봄날이면 아지랑이가 아롱다롱

지게 진 사람은 진달래 꽃을 꺾어 지고 오고 있고

나물 캐러 간 처녀들은 건넛마을 밭에서

달래랑 쑥이랑을 캐고

또 산나물을 한 보따리를 이고 오는구나

동리에 있는 바위샘에서는

동리 아줌마들이 빨래를 하고 있고

냇가에는 봄기운에 만상이 움트고 있구나

따스한 봄날이면 보리골을 타는데

하늘에서는 종달새가 울고

보리밭 사이에 집을 지어놓은 종다리는

못내 자기 집을 다칠까봐 걱정을 하고 있구나

비포장된 신작로에는 뿌연 먼지를 내며

이따금씩 자동차가 지나가고

강가에는 조개를 잡는 이도 있구나

화전놀이에 처녀 총각이 닭을 잡아 국을 끓이고

나무에는 그네 줄에 처녀들이

그네를 화사한 한복 차림에 타고 있구나

살기 좋은 봄의 시절은 보릿고개라 하여

식량이 모자라서 끼니를 못 먹는 사람들도 있어서라

빼깃잎과 물금을 담그고

나물로 배를 채우는 일도 많아서라

봄이 지나가고 여름이 오면 산천에 나무는 푸르르고

소 먹이는 아이들은 소를 산천에 넌져놓고

하루 종일 물놀이를 하구나

손발이 불어서 부었구나

객지 간 형제들이 이따금씩 고향을 찾으면

모두 다가 어느 집에 누구라는 것을 알구나

소를 먹이고 또 소풀을 하여 집에 돌아오면

저녁은 호박범벅과 국수로

허기진 배를 정신없이 퍼먹어 채우구나

들에는 모를 심은 나락이 자라고 있고

밭에는 콩이랑 목화가 자라고 있고
산천에는 이런저런 묘가 있고
어느 가문에 누구 묘라는 것까지 알 수가 있고
장터는 십여 리가 되고
그 장터에 필요한 것을 사러 나가서 돌아올 때는
술이 만탕이 되어 장 보아 올 곡식을 판 돈으로
볼일을 못 보고 돌아온 남정네에게
이웃집 아줌마는 소리 높여 야단이구나
모깃불에 잠시나마 모기를 피할 수가 있으나
모깃불이 없으면 모기가 극성이구나
늙고 젊고 간에 밤에는 친구들끼리 모여 앉아
서로의 이야기를 하고
나이 또래의 처녀 총각이 모여서 놀고 있구나
가을이면 운동회가 있고 추석이 있고
봄여름 가꾼 나락농사를
포기 포기마다 낫으로 베어 논에 깔아놓고 있구나

여름에 푸르던 나무들도 단풍이 지기 시작하고

풀들도 누른 색깔로 변하여 가고

바람이 세차게 불기 시작할 때

겨울이 시작이 되는구나

겨울에는 나무를 하러 가고

밤에는 김치를 훔쳐 먹고 또 닭도 훔쳐 먹고

화투놀이를 호롱불 밑에서 하고 있구나

밤늦게 사람들이 갈 즈음에는 방이 다 식어 싸늘하구나

머나먼 이국땅에도

봄 여름 가을 겨울이 있는 곳도 있고

여름만 있는 곳도 있고

봄 가을이 없고 겨울과 여름만 있는 곳도 있고

세상에는 이런저런 곳이 많기도 하구나

젊어서 등산을 많이 하고

나대로 인간 무상에 관하여 생각도 많이 했어라

봄의 산천과 여름의 산천 가을 겨울이

마냥 다녀도 그 산은 달랐어라
이름 있는 명산은 그 절경들이 신선이 놀던 곳과 같아서라
이곳 미국은 좁은 나라 살다 와 보니 크고 넓어서라
이곳에 나의 뜻인 인류가 하나가 되고
너의 나라 나의 나라가 없는 세상을 만들고 있구나

참 사 람 되 자

나그네는 말이 없구나

미친 자들이 남의 땅을 빼앗아 제각기 자기 것이라 하여

미친 자들을 나무라지도 못하고

점잖은 체면에 나그네는 말이 없구나

미친 자들은 제가 잘나 세상 살고 자기 뜻대로 세상 살고

나그네의 말은 귀에도 안 들리구나

미친 세상에는 미친 자들만 있어

참세상의 사람이 자기 땅에 왔는데

너무나 단단히 자기 것이라 생각하고 살기에

나그네는 있을 곳도 쉴 곳도 없구나

세상은 나그네의 세상이나

미친 자가 자기 세상 만들어 있구나

주인이 나그네가 되고

이름도 없고 세상에도 없는 미친 귀신들이 모여

저들이 만든 법과 규율에 살고 있구나

미친 귀신들은 성인들이 참에 관하여 이야기한 것을

제멋대로 풀이하고 제멋대로 해석하여

같은 내용에 한 권의 책을 수만 가지의 해석을 하여

수만 가지의 종파가 있구나

미친 귀신의 종교에 어느 것이 맞는 것이냐

맞는 것이 없는데 맞다고 하는 자가 미친 자가 아닌가

맞는 것이란 바른 것이고

바른 것이란 옳은 것이고

옳은 것이란 참이 옳은 것이다

참이 안 된 것은 맞는 것이 없다

미친 귀신은 미친병을 고쳐

옳은 참인 사람이 되어야 하지 않겠는가

미친 귀신은 미친 귀신임을 모르는 것은

그 미친 귀신이 맞고 옳은 줄 알고

그것밖에 모르니 또 문제다

그 그릇밖에 안 되니 그릇에 담긴 것은 그것밖에 없어서다

미친 귀신이란

실 아닌 허를 자기 마음속에 가지고

그 마음속의 세상 사니 그것은 세상에 없는 허상이라

허상으로 지껄이니 미쳤고 또 귀신인 것이다

이 세상에서 맞는 것이란

세상에 살고 세상 마음 몸으로 다시 난 자가 맞는 자고

바른 자이고 옳은 자이다

이 세상 자체는 모두가 바르고 옳으나

사람만이 바르지도 옳지도 않고

세상에 없는 세상을 사진 찍어 만든 세상에 있으니

이것을 미친 귀신이 알면 통곡할 일이다

미친 귀신이 알 수가 있는 것은

미친 귀신인 자기를 없애고

참인 사람으로 나면

이 세상에는 나그네가 없고

모두가 주인이 될 것이다

미친 귀신이 사는 세상에서는

참사람이 오히려 틀린 사람이라
그들에게는 이단이고 사이비일 것이다
그러나 정녕 내가 맞다면
내가 진짜가 되었느냐 안 되어 있느냐를 보면
알 수가 있을 것이다
세상에 주인 되어 세상 오니 모두가 미친 귀신이라
이 정신병을 치유하는 것이 급선무다
미친 귀신은 이랬다저랬다 조석으로 마음이 바뀌니
병 치유도 달래고 어르고 칭찬하고 잘났다고 하여
그 미친 정신을 버리라고
아기를 보기보다도 더 힘이 드누나
그 마음에 먹은 대로 지껄이고 행동하는 미친 귀신의 세상에
정신의 의사가 와서 참 정신으로 다시 나게 하는 것은
의사만 참 정신이고 미친 귀신은 다 돌아 있으니
예사의 힘이 드는 것이 아니구나
귀신들은 저만 잘났다고 하면 좋아하나

남이 잘나고 남이 바르다고 하면 믿지도 않는다

미친 귀신의 나라에서도

참세상의 이야기를 동경하던 사람은 그나마 수월하고

또 가지고 있던 많은 것을 잃은 자가

그 마음에 잃어버림이 마음에는 있어

참 찾은 이는 그 잃음이

자기에게 참 복을 가지게 했다고 기뻐하고

언젠가는 미친 귀신은

자기가 가진 것과 자기 것이라는 것을 다 놓고 죽고 말 텐데

갈 곳이 어디이고 살 곳이 어디냐

그것은 진짜가 된 자만 알 것이다

부질없는 인생사에 목매어 사는 모든 이는

모두가 진짜 사람으로 다시 나

이 땅 이곳이 모두의 나라인 천극락에서

우리의 후손들이 다리 뻗고 잠자고

모두가 신명 나는 세상을

우리가 만들어주어야 하지 않겠는가
세상의 주인인 진짜 사람을 세상서 쉬게 하고
세상의 모든 이가 함께 사는 세상을
우리가 건설해야 하지 않겠는가
모두가 미친 귀신을 쫓아내고 참사람으로 다시 나는 길만이
이 뜻을 이루는 길이리라

참인 세상

세상 사람들은 자기는 맞고 남은 틀렸다고 생각을 하고 산다

자기의 관념 관습에 맞으면 맞다고 하고

맞지 않으면 틀렸다고 한다

사람은 자기의 행함과 말이

모두가 자기중심의 관념과 관습이라

그것은 실이 아닌 허인 사진이라

맞는 것이 하나도 없다

맞는 것이란 참이라야 맞는 것이고

맞는 것이란 바름이라야 맞는 것이고

맞는 것이란 있음이 맞는 것이고

맞는 것이란 없는 것이 아닌 세상에 있는 것이

바름이고 맞는 것이다

자기의 마음에 관념 관습은 맞는 것이 하나도 없는 것이라

사람이 안다는 것도 자기의 사진세계에 찍어 놓은 마음이라

맞는 것이 세상에는 없는 것이라

하는 행도 그 사진세계서 행하고 말하니 맞는 것이 없는 것이라

사람이 세상 나지 않고 행하는 일체는

참이 아니라 맞는 것이 하나도 없는 것이라

안다는 것도 세상이 되어 세상 입장이 된 자가 아는 자이고

자기의 입장은 오직 자기의 관념일 뿐이지

참인 진리가 아니라 아는 것이 하나도 없는 것이라

인간이 말하고 사는 것도 자기가 없는 자는

참이라 참말하고 참 행하고 사나

자기가 있는 자는 자기의 입장서 말하고 살기에

맞는 것이 없는 것이라

사람은 허상인 자기의 관념 관습 속에 살지 말고

참의 입장에 살아야 하지 않겠는가

눈 밝아 세상을 바로 보고

귀 밝아 세상의 소리를 들을 줄 알고

참말과 참 행에 세상은 밝은 세상이 되지 않겠는가

사람들이 갈 곳도
참 되는 곳이요
이민 온 사람들이
갈 곳은
참이 되는 곳이다

땅이 넓기는 넓으나
사람이 많이 살지 않는 남북미는
그 옛날 인디언이 살았고
그 이후에 유럽서 이민 온 사람들이 뿌리를 내리고
사는 나라라
그리 인구가 많지 않은 듯하다
이름 모를 새들과 이름 모를 짐승들이 살고
안 보나가 본 희귀한 산과 들이 있고
또 열대 과일이 많구나
먹고사는 것은 같듯
동서양이 사는 것은 별반 차이가 없는 듯하다
좁은 땅에 살다가 이곳을 보는 심정은
그 땅들이 너무나 부럽다
이민 온 우리나라의 사람들은
주로 상업을 많이 하고 살아가고 있구나
안데스산맥과 이과수폭포 남극의 빙하가 있고

아마존과 해변에 즐비한 명소가 있는 남미서

기반이 없이 객지 나와 사는 사람들은 열심히 살아가고 있고

또 성공한 사람도 많으나

실패한 이는 가고 올 곳도 없는 이도 많다

누구나 성공하려고 머나먼 객지에 떠나왔으나

힘드는 이는 힘이 드는 것 같다

사람은 먹고살기 위하여 사는 것이고

또 돈이 세상을 판치고 있어 돈이 없으면 되는 것이

세상에는 없다

인간이 있고 돈이 있었으나 이 돈이 인간 위에 있어

돈에 울고 돈에 웃는다

한국 쪽이 겨울이면 이곳 남미는 여름이고

아름다운 자연이 성장하고 무르익으나

사람의 인심은 나날이 각박하여지고 있는 곳이기도 하다

아무튼 자연은 각박한 인간이라도 비웃듯

제 할 일만 말없이 하고 있고

그 혜택에 인간은 먹고살고 하고 있구나
먹기 위해 사느냐 살기 위해 먹느냐는
고달픈 인생사에서 나온 말이다
인간은 진짜가 되기 위해 사는 이유와 목적이 있고
그 진짜가 되어 물질세계에서 초연하며
인간이 제구실을 할 수가 있을 것이다
이 말은 인간이 자기의 욕심인 이기적 마음에서
진체가 사는 진체를 위하는 멋있는 세상이 되는 것도
인간의 마음이 전체가 되고 그 사악한 인간심이 없을 때
인간은 세상 사람을 위해 살 수가 있을 것이고
그렇게 되면 세상은 너의 나라 나의 나라가 없고
세상은 하나가 될 것이다
또 세상은 낙원이 될 것이다
교육 중 최고의 교육은
가짜인 사람을 진짜 되게 하여
모두가 하나 되어 사는 세상은

너무너무나 좋을 것이다

신명이 나는 세상을 만드는 최고의 방법을 가지고 있는데

세상 사람은 사람 이전에

돈의 노예 되어 사는 삶이 안타깝고 불쌍하구나

언젠가는 이 천지에 분명히 참이 다 되는 때도 있으련만

지금의 사람들이 참이 되는 노력이 없는 것이

안타깝고 불쌍하구나

진짜가 되어 진짜 된 나가

영원히 사는 것이 인간이 갈 곳임을 모르고

세상사만 가지고 살아가니 안타깝기가 그지없구나

참이 안 되면 죽고 마나

참이 안 된 자는 죽는 것인지 사는 것인지도 모르고 살구나

참 된 자만 죽는 것이 안타깝고 불쌍하구나

돈 찾다가 인생은 가고 없어지니

번 자나 안 번 자는 헛일했구나

살지 못하고 죽고 말았구나

나무배가 뱃전에 떠 있구나

가난한 어부는 나무배로 철 따라 나는 고기를 잡아

가족의 생계를 잇구나

가도 가도 막막한 대해에 나가야 고기가 조금 잡히나

가까운 곳에는 고기가 없어라

고기를 잡는 어부는 밤새워

부딪치는 파도 소리를 들으며 고기를 잡구나

바람이 많이 불어 파도가 많이 일고

파도가 높아도 이때에 많이 잡히는 고기를 잡고 있구나

오랜 세월 배를 타서인지

어부는 뱃멀미는 않는 듯하구나

지평선 저쪽에 불그스레할 때에 그물을 걷고

새벽의 찬 공기에 집으로 돌아오는 길은

파도와 싸우던 때가 잊혀지구나

밤새워 새우잠 자던 아내와 아이들이

뱃전 나와 마중을 하고

잡은 고기를 옮기누나
어업을 생업으로 하던 사람들은 바다가 생명줄이었다
수십 년 전만 하여도 남자들이 배 타러 가서
많이 죽고 하여 바닷가에는 과부가 많았다
가난하여도 떠나지 못하고 파도와 싸우며
생업을 하던 어부들도 이제는 나무배가 없어지고
엔진 단 배들이 바다에 나가 훨씬 일이 수월해졌으나
항시 파도는 겁이 나는 것이다
큰 배인 여객선이 뱃고동을 울리며 이곳으로 다가오고 있구나
객지 간 맏이가 무엇인가 선물 보따리를 들고 배에서 내리니
모두가 반가이 맞이하고 있구나
울릉도는 동해에 있는 섬이라
산이 아름답고 오징어가 많이 나고
바닷가는 바위가 수천 년의 파도와 비를 맞아 깎아지른
아름다운 섬이었다
향나무가 있고 취나물 부주껭이 명이나물이 있고

오징어가 많이 잡히는 곳이다

산길 따라 도동서 천부 가는 길은 폭포도 있고

말로 형언 못할 만큼

아름다운 산길 따라 가는 곳이다

이곳의 주민들은 마늘과 옥수수 감자와 소를 먹이고

오징어를 잡아 생계를 유지하였다

섬사람들은 마음이 유순하고 물이 맑아

사람들의 얼굴은 흰 편이다

어촌을 형성한 계곡 계곡에는 동리가 있고

옛날에는 걸어서 일주를 하거나 배로 일주했으나

지금은 차가 다니기도 한다

모두가 객지로 나가 지금은 인구가 줄어들었다

인심이 좋았던 이곳도

사람들은 세상 살지 못함이 안타깝구나

참인자 참삶 산다

삶이란 있음이고

제 역할을 하는 것이 삶이라

사람의 역할은 참사람이 되어

참세상에 소금과 빛이 되어야 하는 것이라

참세상을 위해 사는 자가 역할이라

자기중심의 생활에서 참 중심의 생활로 바뀌어야 하는 것이라

그 나라에 복을 짓고

그 나라에 재물을 쌓아야 하는 것이라

이것만이 있음이고

이것만이 참 삶이라

사람을 살린다는 것은 복 중에 복이라

많은 이가 살고 모든 이가 살면은 좋지 않겠는가

인간의 삶과 인간이 가진 일체가 허상임을 안 자만

이렇게 살 것이다

참 된 자는 이렇게 살 것이다

완전한 신은
영원히 존재한다
가짜인 자기가 없고
신으로 난 자는
신이다

사람들은 고뇌하며

사람들은 마음에 짐을 지고 사누나

마음의 짐이란 자기가 만든 마음에서

그 짐이 있는 것이라

자기 속에 그 짐은 가진 마음이라

그 가진 마음에서 행하고 사는 것은 그 사진인 허상이

시키는 대로 살아만 가니 바쁘기만 바쁘고 고통이라

사람들이 인간의 한세상은 수만 기지의 시언이 있어

그 속 사는 자는 한세상이 지루하기만 할 것이다

그 속 사는 자는 고통 짐 속에 살 것이다

가도 가도 갈 곳이 없고

이룬다고 이루고 이루어도 이룬 것이 없는 것은

부질없는 없는 인생사에 그럴 것이다

이 세상에 있는 만상은 그 조건에 나고 있고 살지 않느냐

천지만상이 난 것은 이것저것에 어우러짐에

이것이 있어 저것이 있고

저것이 있어 이것이 있는

천지의 조화에 난 것이라

본래에서 보면은

일체가 본래의 화신이고

일체가 본래의 자식이라

만상의 근원은 본래인

만상의 근원은 본 정과 신이라

사람이 본래의 이야기 만들어 뜻과 의미가 없는 것이라

진리인 그 본래로 되돌아가서 다시 난 자는

죽음이 없고 인생사에 일체로부터 벗어난 대자유고 해탈이라

인간사에 좋다 나쁘다도 없고

뜨겁다 안 뜨겁다도 없고

있다 없다도 없고 산다 죽는다도 넘어선

완전한 자리는 스스로 그냥 그대로 영원히 존재하는 신의 자리라

사람이 신이 되는 것은

옛 사람인 망념의 사람이 다 죽으면 신만이 남고

그 신으로 다시 나는 것이라

완전한 신이란

그 정과 신이 살아 있어 우리도 이 정과 신으로 다시 나면

신의 나라에 신으로 살 수가 있는 것이라

신의 나라에는 인간의 관념 관습으로부터 일체 벗어난

허상 인간인 나가 없어 자유이고

허상 인간인 나가 없어 해탈이고

허성 인간인 나가 없어 지혜요

허상 인간인 나가 없어 완전함이고

허상 인간인 나가 없어 인간의 관념 관습으로부터 벗어난 자리라

신의 자리는 물질이 아닌 비물질적 실체라

아무것도 없으나 그 정신이 존재하시고

그 정신으로 거듭 다시 나려면

나가 죽어야 거듭 다시 날 수가 있는 것이라

내가 다 죽는다는 것은

나의 마음의 세계와 나가 다 죽어야 다 죽는 것이라

자기를 다 없애면

안 죽는 정신만이 남고 자기를 다 없애면

그 정신으로 다시 날 수가 있다

이 천지가 다시 난 세상이요

이 천지가 천극락이요

이 천지에서 죽음이 없이 영원히 살 것이다

완전하다는 것은 죽음이 없어야 완전한 것이고

완전하다는 것은 이것저것의 침해로부터 벗어난

스스로 존재하는 존재가 완전한 존재다

사람도 이 존재로 거듭나고 다시 나

이 존재의 나라 살아야 완전하다

과거가 있어 현재가 있고

현재가 있어 미래가 있다

인생은 하나의 인생의 삶을 살고 있기에

유한한 시간 속에서 살기에 과거 현재 미래가 있는 것이라

신의 세상에는 과거 현재 미래가 없는 것은

과거라는 사진의 세상이 없어 과거가 없고
그냥 존재하는 다시 말하면 신의 마음이라
그대로 존재하는 것이라
이 존재는 항시 한마음이신 살아계신 존재라
그 존재의 나라는 시공을 초월한 나라라
그 존재의 나라는 살아 있되 삶 속에 있지 않고
해도 한 바가 없는 나라라
이 존재의 나라는 부족함이 일체가 없는
이것저것으로부터 벗어난 자리라
있되 있음 속에 있지 않고
그 허상이 아닌 실상의 살아 있는 마음만이 있어 신이라
지혜의 신이라

허
상
실
상

구름이 머물다가 간 자리가
바람이 머물다가 간 자리가
구름이 쉬었다가 간 자리가
바람이 쉬었다가 간 자리가
모두가 근원이구나
수많은 인생사도 근원에 있으나
인간이 그 근원을 알지 못하누나
흘러가는 세월도 근원에 있고
좋아하고 싫어하고
원망하고 한숨 쉬던
많고 많은 사연도 근원에 있었으나
인간이 그 근원과 달리하여
자기의 마음속에 살고 있어서라
무엇 때문에 세상을 등지고
인생사를 살았는가
무엇을 이루려고 근원인 세상을 등졌는가

인간의 마음이란 본래는 없었으나

인간의 욕심에 의해 있었고

인간의 가짐에 의해 세상을 등졌구나

기껏해야 세상 것을 자기 마음속에 사진이나 찍어

실상이 아닌 허상을 가지고 허상 속에 살구나

세상이 부끄러운 일이라

저 잘났다 뽐내는 모든 이는

없는 세상 살아가고 있으나

없는 세상 사는 줄 모르고 있구나

인간이 이루고 인간이 가야 할 곳은

실상인 있음의 세계이나

인간은 갈 줄도 모르고

인간은 가야 할 곳도 모르누나

먹는 마음만 가지고 있어 그 마음의 노예가 되어

살아가고 있을 뿐이구나

먹어 놓은 자기 마음에 가려

무엇이 바르고 무엇이 옳은지도 모르누나

헛된 세상 속 사는지도

무엇을 해야 하는지도 모르고

그저 그 마음에 먹어 놓은 관념 관습이 맞다고 생각하고 사나

그것은 사진 찍어 놓은 허상이라

맞는 것이 하나도 없는 허상 속에 삶을 살기에

사람이 귀신인 것이다

인간 완성이란

완성의 원래는 하늘 이전 하늘인

우주의 원래인 정과 신이 완성인 본래라

삼라만상도 또한 완성이나

완성이 사람으로 왔을 때만

삼라만상과 사람이 완성이 될 수가 있는 것이다

사람들은 흔히들 자기가

부처인 줄 알고 있으나

자기는 허상인 사진세계에 살고 있기에

완성인 부처도 성인도 아닌 허상인 사진일 뿐이다

나가 다 죽어 본래인 완성 자체가 되어

그 완성자가 그 나라에 다시 거듭나고

살게 하여야 완성이 되지 않겠는가

부처는 자기가 다 죽어야 진짜만 남고

진짜에서 다시 나야 하지 않겠는가

다시 거듭난다는 것은 가짜인 자기가 일체 없고

참만이 있는데 그 참이 나게 해야만 그 나라 나고

살 수가 있을 것이다

인간 완성은 진짜만이 할 수가 있고

인간 완성은 진짜만이 진짜나라 살릴 수 있는 것이 진리이다

계란에 유정란과 무정란이 있듯이

사람 속에 참사람이 있어야

사람은 죽으면 없어져 우주가 되고 신인 참사람은 살 것이다

인간 완성이란 자기 속에 참인 영혼이 부활이 된 자가

인간 완성인이고 참인 자다

허기진 인생사

허기진 인생사에

인간 한평생을 허기져 날뛰다가

허기에 지쳐 쓰러져 죽구나

하나도 이룬 것도 없고

하나도 했던 것도 없이 없는 허상인 가짜인 허기였구나

허기를 져서 무겁고 바빴으나 남는 것은 아무것도 없구나

참기를 가진 자만이 부질없는 허기의 인생사를 알 것이고

참 세계를 알 것이나

허기진 사람들이 부평초 인생사 뜬구름 같은 인생사

물거품 같은 인생사

일장춘몽의 인생사를 노래하고 이야기했어도

허기진 이의 욕심이었지

진정 참은 몰랐었구나

그냥 존재하는 진리

바람이 불어도 비가 와도
참인 그 마음에는 그냥 있구나
흘러가는 물도 세상이 변하여도
참인 그 마음은 그냥 있구나
흘러가는 세월 따라 이마에 주름이 잡히고
늙어가도 그 마음은 그냥 있구나
죽어도 그 마음은 그냥 있구나
소리 높이 외치던
가슴 치며 통곡하는 수많은 인생사에
모든 한도 모든 원도 그 마음에는
인간사의 일체로부터 떠나갔구나
어디 가고 어디에 있느냐
한이 많은 인생사는 뜬구름 같은 것을
마음에다 담고 살아가면서
너가 잘났다 내가 잘났다 시비하지만
모두가 잘난 이가 없는

뜬구름 인생사

말만 많았고 말만 잘났지 잘난 것이 하나도 없구나
어디론가 사라지는
물거품 인생사인 줄 알지를 못하는 것은
물거품이니 세상 나 살지 못하니 알 수가 없는 것이라
가도 가도 끝이 없고 갈 곳도 모르는 사람은
자기의 마음속서 뱅뱅 돌고 있기만 하누나
소리도 냄새도 맛도 없이 소리 소식도 없이
언젠가는 참이 와서
세상의 이치를 가르치고 세상을 말하나
뜻도 이유도 모르는 사람은 알지 못하고
소리도 안 들리고 보지도 못할 것이다

사람을 가르치게 되다

열차가 레일 위를 다가닥다가닥

소리를 내며 지나간다

그 옛날 첫새벽이면 저 멀리에서

열차의 소리가 들리던 때가 생각이 난다

경부선 열차가 다니는 기찻길 옆에 동리는

어디론가 훌훌히 떠나고픈 마음이 생기곤 하구나

열차를 타고 가고 오고 하는 수많은

사람은 저마다 사연이 다를 것이다

한때에 가장 슬펐던 내가 열차에 타고

나만큼 슬픈 이가 이 열차에 있는가 뒤돌아보니

나만이 슬프고 딴 사람은 자세가 흐트러져서 잠만 자고 있었어라

그 당시에 나는 나대로의 가장 슬펐던 일들이

세월이 지나고 보니 그 사연도 잊혀진 지가 까마득했어라

젊어서도 청년 시절도 또 나이가 들어서도 내 마음은

한 번도 제대로 웃지도 못하고 살았어라

내 마음에는 인간이 이렇게 살다가 가고 마는 것이

항시 수수께끼였어라

아쉬운 한숨만 아쉬운 한만 마음속 남아

술이 나의 벗 중에 벗이었어라

인간이 어디서 와서 왜 살고 어디로 가야 하는지가

나의 숙제 중 숙제였어라

남들은 나가 술 먹는 이유 뜻 아는 이가 아무도 없고

술 많이 먹는 자로만 알고 있었을 것이다

니이기 들어갈수록

세상에 친구들도 자기 생활 중심으로 되돌아가고

나는 그래도 나보다는 남을 생각하는 마음이

남아 있었던 것 같다

세월 따라 사람들과 아는 이들은

자기 생활에 바쁘고 쫓기다 보니

자기중심의 생활 속에 자기 보호만 하고 있어서라

나는 그래도 남들이 잘되길 바라고

나 혼자 세상서 잘 먹고 잘산다고

무슨 뜻과 의미가 있는가를 생각하고 생각했었다

많은 이들은 자기 위해 살고 나만이 고독하게 남 위해

산다고 살고 있다 나의 사생활이 없이 말이다

세상에 모두가 같이 나와 어떤 이는 성인이 되고

나는 왜 평인인가를 생각도 했었다

옛 성인은 하늘이 정하여 이 세상의 한때에

진짜 성인이 온다는 예언가였다

참을 이야기한 것이 경이긴 하지만

그 경이 완성이 인간이 되는 때가 옴을 이야기하였다

인간의 완성인 때가 말이다

그것은 완성인이 세상에 와야 인간이 완성이 될 것이다

완성이란 우주 자체이고

완성자란 이 우주 자체의 자가 올 때 완성자일 것이다

인간이 인간의 뜻대로 세상 사는 줄 알고 살아가고 있으나

인간의 뜻 아닌 세상의 뜻에

인간이 살아가는 줄을 철들은 연후에 알겠구나

이 세상의 이치도 철에 들어

나가 세상과 하나가 된 연후에 알겠구나

세상은 그냥 있었으나

철없던 시절 나도 하나의 방랑객이 되어

마음이 분주했고 바쁘기가 이를 데가 없고

이룬 것이라고 하나가 없이 독 안에 든 쥐처럼

이리저리 날뛰다가 죽고 말 뻔했던 그때가 아찔하고

지금 생각하니 꿈만 같다·

인간세상에서는 잘나고 잘한 것이 없지만 나는 그래도

내 가슴이 항시 답답했던 세상의 이치를 내가 밝히니

궁금하고 내가 뜻하던 것을 이룬 셈이다

모양이 사람과 같으나

사람 속에 참인 인간의 완성이 있는 자는 사람이 아닌 신이라

나는 내가 감히 성인이 된다는 생각은

꿈에도 해보지 못하였으나

인간세상의 한때에 내가 세상의 주인으로 인간에게 와서

사람이 완성이 되는 방법을 가르치고 있구나
인간 완성 방법은 거짓인 자기의 몸 마음을 버리고
진짜인 자기의 몸 마음으로 다시 나는 것이라
이 방법이 세상에서는 인기가 있는 모양이다
10여 년 동안 수많은 이가 자유해탈 영생천국 가니
나는 세상 나 할 일을 한 것 같다

인간의 운명

구름이 잠자고 바람도 잠자고

갈 곳 없는 사람만 제 할 일 못하고 바쁘기만 바쁘구나

세상이 분주한 것은 사람이 분주하여 분주하구나

대자연은 그냥 있으나 만상은 그냥 사나

이룰 것 제대로 하나도 못 이루는 사람만 갈팡질팡

제 마음속의 허상의 세계에서

허상인 사진이 찍힌 대로 그 사진의 각본대로

자유기 없이 살아가고 있구나

땅에 제 스스로 갇혀 땅인 허상의 세계에 살아가니

지옥의 세계에 고통 짐을 지고 사나

그것은 생명이 없는 실상세계인 세상에 없으니 허상이라

땅에 난 자는 땅에 산다는 뜻은

땅에 나서 마음의 터널 속에 살고 있으니 그것이 지옥이라

하늘 난 자는 하늘 산다는 것은 하늘의 진리인

실상의 마음이 되어 살아가고 있으니

그 마음 터널 밖인 하늘에 다시 나니

온 세상과 하나 자체라

하늘나라인 진리나라에 사는 것이라

허가 참 되는 것이 완성이고

허허를 다 없애면 참이 남고

가짜인 내 몸과 마음이 없으면 진짜만 남고

진짜로 다시 나야 인간이 제 할 일을 한 것이고

인간이 완성이 되는 것이라

인간의 완성은 가짜인 인간을 다 버리고

진짜인 사람으로 다시 나야 완성이 되는 것이라

영생천국도 살아서 영생하고

살아서 천국에 가야 하지 않겠는가

수많은 사람이 세상에 살지만

천국 난 의인이 세상에는 하나도 없으니

사람은 자기가 죽어도 죽은 줄도 모르고

산 것이 무엇인지도 모르고

참사람은 죽은 것도 알고 산 것도 아니

이 세상은 하나의 허상 속 사는 세상이라

아는 자가 없구나

아는 자란 자기가 세상인 진리나라 나

사는 사람이 아는 자라

안다는 것은 세상의 이치를 아는 것이 아는 것이라

세상의 이치란 세상의 근본을 알고

세상의 있음 없음이 하나임 알고

나고 죽고 살고의 의미를 알고

참세상의 이치를 아는 것이 아는 것이고 지혜라

근본인 세상의 본래가 사람으로 와야

세상이 구원이 될 수가 있는 것은

그 나라의 주인이라

살리고 죽이고 있고 없고를 할 수가 있기에

본래의 주인만이 있게 할 수가 있고

없게 할 수가 있기에 그러한 것이라

이것이 살활자재권이라

세상의 한세상 살자

사람의 삶은 인간의 몸 가지고 사는 것을
삶이라 생각하고 산다
이것이 인간의 한세상인 것이다
그러나 진정한 삶은
인간이 참인 진리가 되어
영생불멸의 신이 되는 것이 참 삶이다
사람이 영원히 사는 것은
진리의 원래의 정신으로 다시 나는 것이다
수많은 사연의 인생사가 있는 것도
자기의 마음세계가 있어 있고
대자연인 하나님 부처님과 하나가 된 자는
자기의 마음세계가 없어
자연과 하나가 되어 그냥 살 것이다
사람들아
인간의 한세상을 살지 말고
세상의 한세상에 살자

이 세상에서 삶을 살면서

사람들은 자기를 가장 아끼고 자기만 위하여 사나

인간들은 진정한 자기를 아끼고 사랑할 줄 모르고

허상인 자기를 아끼고 사랑하니

인간은 어리석기가 그지없구나

사람이 자기의 틀인 마음의 세계를 부수고

진리인 참세상에 다시 나면

인간이 완성이 되는 것이라

아끼고 사랑하는 허인 자기를 버려야 참인 인간으로 다시 나고

다시 난 사람은 신이라

죽음이 없는 것이라

사람들아 이 세상이 참이고 진리이나

인간이 이 세상에 살지 못하고 자기의 마음속 갇혀 사니

세상 사는 줄 착각하고 사나

그곳은 자기가 세상을 사진 찍어 만든 자기의 마음의 세계라

그 마음은 실이 아닌 사진이고

실 아닌 허인 세계에서는 허를 다 가지고 있기에
고통 짐이 있는 것이라
실상세계는 가짐을 벗어난 자리라
스스로 자유이고 스스로 있되 그 마음이 없는 자리가
진리 된 자의 자리라
일체의 마음이 신은 없으나
일체의 것을 신은 아는 것이라
신은 인간의 마음에서 벗어난
스스로 존재하는 지혜 그 자체라
지혜란 세상의 근본 이치를 알아 세상에 있고 없고가 하나임 알고
나고 죽고 살고의 참뜻을 알고 세상의 일체의 것을
신의 입장에서 앎이 지혜다
지혜란 신의 입장에서 일체의 것을 보고 아는 것이다

사람은 마음속에 가진대로 사는 것이라

흐르는 강물은 흘러 살고 있고

흐르는 세월은 보이지 않으나

사람의 마음의 세계에 세월이 있는 것이라

지고한 인간이란 참에서 난 자이고 자기가 참의 전당이라

자기 속에 참으로 난 자가 인간 완성의 자라

나는 것은 조건에 날아 살고

기는 것은 기어 사는 조건에 살고

네 발로 사는 것은 네 발이 있어 살고

두 발로 사는 것은 두 발이 있어 살고

있는 것은 있어도 모두가 그것임을 아는 것이

참세상에 나야만이 알 수가 있는 것이라

환상적이고 제 마음에 그리는 일체는

마음속의 허상이 그리는 것이고

허상이 낳은 씨앗임 아는 것도 현인이라

수만 가지의 것과 수만 가지의 삶이 모두가 참인 본래라

이 세상의 조건에 나고 사는 것을 아는 것도

본래가 된 자만이 알 것이고
부질없는 수많은 번뇌의 이것저것은
모두가 뜻 의미가 없다는 것도 아는 것은
본래로 가야 알 수가 있는 것이라
말 못하는 수많은 사연도 인간의 마음이고
그냥 살고 그냥 있는 것도 본래의 완전함만 알 수가 있고
세상의 수많은 이야기가 모두가 허임을 아는 것도
인간의 마음의 세상에서는 아는 자가 없고
자기가 본래로 간 자만 알 것이다

세월 속 사는 인간들은 말도 많고 한도 많고
세월 속 사는 인간들은 이야기해도
모두가 허상의 이야기만 지껄이고 허상의 삶 사나
세월을 넘어간 자리
인간의 세상에 있는 이것이다 저것이다 넘어간 자리
좋다 나쁘다 싫다 좋다 맞다 안 맞다 덥다 춥다

뜨겁다 안 뜨겁다 뜨겁다 차다 안다 모른다

죽는다 안 죽는다 재미있다 없다 산다 죽는다 죄다 업이다

선하다 착하다 고행이다 낙이다

나고 죽고의 인간의 관념 관습으로부터

일체 벗어난 자리가 바로 하나님의 나라인 본래라

그 본래의 자리에 난 자는

일체의 인간의 관념 관습의 틀로부터 벗어난 자라

해탈이고 자유라 내가 없어 자유고 해달이라

내가 없어 참으로 거듭나 참은 일체의 나가 없고

일체의 것으로부터 벗어나 자유고 해탈이고

신처럼 그냥 스스로 존재하여 영생불멸하는 것이라

일체의 것으로부터 구애 구속이 없어 자유라

시비 분별이 없어 자유고 해탈이라

생로병사로부터 벗어나 자유라

희로애락으로부터 벗어나 자유라

이 몸이 법당이고 성전인 것은

이 몸 안의 정신이 세상의 정신이라

세상의 일체가 나의 마음속에 있어 나는 성전이고 법당이라

사람은 마음속에 가진 대로 사는 것이라

마음속에 진리 가진 자는 진리나라 나서 살고

마음속에 허상 가진 자는 허상 속 산다

하늘 난 자는 하늘 살고 땅에 난 자는 땅에 산다

이 땅에 나 이 땅에 있는 사진을 가진 자는 사진 속에 살고

근원이고 본래인 하늘 난 자는 하늘나라 나서 산다

이 세상을 마음속에 가진 자는

이 세상을 가지고 산다

귀신은 일체가 없어도 된다

1.돈 1.사랑 1.명예 1.죽음 1.가족 1.자존심 1.세상

돈이 없어도 좋으냐 OK

사랑이 없어도 좋으냐 OK

명예가 없어도 좋으냐 OK

가족이 없어도 좋으냐 OK

자존심이 없어도 좋으냐 OK

죽어도 좋으냐 OK

세상이 없어도 괜찮냐 OK

내 마음이 수용하는 마음이 신의 마음이라

귀신은 이래도 안 되고 저래도 안 되지만

신의 마음은 이래도 저래도 되는 수용하는 마음이라

돈이 없어도 귀신은 돈이 없어도 된다

사랑이 없어도 귀신은 사랑이 없어도 된다

명예가 없어도 귀신은 명예가 없어도 된다

가족이 없어도 귀신은 가족이 없어도 된다
자존심 상해도 귀신은 자존심이 없어도 된다
죽어도 귀신은 죽어도 된다
세상이 없어도 귀신은 세상이 없어도 된다

신이란

신이란 본래가 형체가 없는 비물질적 실체가 신이라

이 우주의 근원은 정과 신으로 되어 있다

이 존재는 물질이 아니나

이 존재는 스스로 존재하는 존재라

사람이 아는 것은 자기의 마음에 있는 것을 알기에

이 존재가 자기 속에 가져야 알 수가 있는 것이라

참인 이 존재도 자기의 마음속에 가진 만큼

알 수기 있는 것이리

완전한 것은 이 존재 자체로 다시 난 자만

이 존재를 확실히 알 수가 있는 것이라

이 존재는 살아 있되 그 마음이 없어 일체를 넘어선 자리라

일체에 아는 것도 넘어서고

인간세상에 있는 일체의 것으로부터 벗어난 자리라

세상에 있는 것은 인간의 관념 관습인 마음이 있다

인간의 마음에 있는 것은 모두가 허상이라

인간의 마음에 관념 관습이 떠난

신의 자리는 완전한 자리라
세상의 것이 있되 있음 속에 있지 않고
그 마음조차 없어 자유고 해탈이라
삶을 살되 삶 속에 있지 않고
그냥 존재하는 존재이고 또 영생불사신이라

가
자
가
자

인간 생에 가졌던 미련과 일체를 두고

영생불멸 신의 나라 가자

인간의 세상에서 가졌던 수많은 것들이

나의 마음에 가짐 되어 있는 것을 버리고 버리고

나가 없고 참만이 있는 세상서 다시 나

새 사람인 새 몸 마음으로 다시 나 살아야 영생불사신이라

인간세상의 것이 하나도 없고

생로병사 회로애락 칠정오욕이 없구나

있어도 있음 속에 있지 않고

살아도 삶 속에 있지 않고

인간의 관념인 수많은 이것이다 저것이다가 없구나

신의 마음은 아는 것으로부터 일체를 떠난 마음이라

신의 마음은 없는 마음이라

없다는 것은 있되 그 마음이 완전하여 없는 것이라

말만 듣던 천국은 사람의 마음이

대우주의 정신 된 자가 가고 있는 나라라

인간의 완성의 나라

못 잊을 사연들이 허망한 허상이었고

흐르는 세월도 망상이었구나

어디를 가야 할지 몰라 허덕이던 수많은 사연의 일들과

무엇을 찾아 가지려고 했는지도

어리석음이라 생각이 나지 않구나

말이 없던 사람도 말 많던 사람도 모두가 흘러간 세월 따라

나 속에 남는 것은 허상인 망상이구나

갈 곳 모르는 사람에게 길인 양 이야기한 것이

모두가 길만 멀게 하고

뜻 의미가 없는 허상의 세계서 방황일 뿐이었구나

가도 가도 목적지 없는 다람쥐가 쳇바퀴 돌듯

내 마음속서 돌고 도는 생각과 행은

모두가 헛된 망상이었고 헛짓거리였구나

나의 가짐의 마음속에는 거짓인 나가 있어

나는 자존심도 있었다

나는 괴로움도 있었다

나는 돈의 마음도 있었다

나는 가족도 있었다

나는 명예 사랑도 있었다

그 나가 다 죽어 이 자체의 마음이 없고

일체의 나의 마음이 없어졌구나

흐르는 세월도 없어졌고

가야 할 곳도 없어졌고

이루려던 숱한 일이 없이졌구나

돈 사랑 자존심 명예 가족과

거짓의 나마저 없어졌구나

거짓의 나는 없어졌으나

마음의 세상 너머 신의 세상에 내가 나니

내 가진 마음의 세계 속서 신의 세계라

말만 듣던 신은 자유고 해탈이고

이 세상의 일체의 것으로부터 벗어났구나

흐르는 강물과 세월 따라 가버리던 세상이 없어지고

자유고 그 세월마저 없어졌으니

흐르는 세월이 아닌 그냥 있는 세월만 있구나

내가 못 이룬 원한도 없어져 해원상생이 되었구나

허인 이 세상에 사는 사람들아

이 몸 마음이 허상임 알면

이것도 내 탓이요 저것도 내 탓이요

허상인 나는 죽어도 싸다

그 허상이 무엇 때문에

원한과 사랑과 가족 돈 사랑 명예 자존심이 있느냐

이 세상의 일체는 허상인 나가 만든 마음에서 있고

이것이다 저것이다 맞다 안 맞다 수많은 의문의심도

캄캄한 무덤인 자기의 마음의 세상에 있는 것이라

이 세상은 가짜여서 이 세상과 나가 없으면 참세상이고

그 참세상에 나면

나는 다 이루는 완전하고 완성된 존재라

인간의
뜻있는 삶이란

맑은 하늘에는 일체가 없지만

사람의 정신 속에 천지가 나 있어

그 천지에 주인 되어 살고 살아가는 것이 천극락이라

인간의 뜻있는 삶이란

마음이 천지가 되어 사는 삶이고

그 천지 속서 천지에 나 사는 것이라

갈 곳 준비 않은 사람

가버린 수많은 사연만 가지고 사람은 늙어지고

형체가 없는 그 사연의 세계 속에서

그 사연만 되뇌고 그 사연 속에서 죽고 말구나

없는 자기가 만든 세상은 허상의 세상이라

어디 가야 하고 어디 살아야 하는지

이유 뜻도 모르는 사람은 살아서 해야 할 일을 모르누나

자기 마음에 세상을 맞추려니 수고만 클 따름이고

세상에 자기의 마음을 맞추려 하지 않구나

흐르는 세월 속에 이유 뜻 없이

인간의 허상세계에서 허송세월 보내다가 죽고 말구나

갈 곳 없는 사람은 앎이 없어

갈 곳 준비하지 않고 귀신의 나라에 살고 있구나

흘러가는 수많은 사연의 이야기가

모두가 부질없는 인생사의 이야기이고

수많은 이야기가 세상에 다 남아 있지 않구나

인간의 세상에 남은 것이 없고

지나가 버리면 모두가 헛된 꿈이고

없어져 버리니 허무 중 허무라

갈 곳이 없는 사람은 갈 곳 몰라 서성이고 있고

간다고 가는 것이 헛길만 가고 이루고 한 것이 없구나

인간이 자기가 남도록 하는 자가 세상서 가장 현명한 자라

자기가 영원히 남아 있는 것은 자기가 진리의 몸 마음으로

거듭 다시 나야 남아 있는 것이라

허인 나의 몸 마음인 나가 없어져

참인 진리 자체로 되돌아가서

그 나라 나야 나는 살 수가 있는 것이라

본래로 되돌아감이 참이라

사람의 몸 마음을 닦아 다시 말하면

자기 마음속 있는 자기의 몸 마음이 없으면 본래만 남고

그 본래에서 다시 나는 것이

인간이 영원히 사는 것이라

수용이란

인간 중에 가장 위대한 자는 수용하는 자라
신은 일체의 것을 넘어가 일체의 것을 수용한다
수용이란 가지고 있되 그 속에 있지 않음이다
정의: 바른 뜻 : 참뜻: 진리의 뜻

이
세
상
의
쓸
말

351
—
제
5
부

이 세상은 말이 많은 세상이라

수많은 말이 있어도

쓸 말은 하나도 없는 것이라

쓸 말이란 참의 말이고 사람을 살리고

쓸 말이란 산 말이어야 쓸 말이라

산 말이란 생명이 있어야 하고

산 말이란 생명의 말이라

결론적으로 쓸 말이린

살아 있는 생명의 말이 쓸 말이라

쓸 말이란 산 자의 말이고 산 말이고

쓸 말이란 진리의 말이고

쓸 말이란 생명의 말이라

순리의 마음

사람이 흘러간 추억이 아름답다고 생각하는 것은

추억의 마음만 있고 그 감정의 마음이 없어서이라

어릴 때의 마음은 마음에 이런저런 마음이 없어

그 시절이 그리운 것이라

다사다난한 인간의 마음에는

흘러간 과거가 그리움으로 변하였다

세상은 모두가 사람의 마음속에 있어

사람의 마음대로 하려는 인간 마음에는

세상이 움직여지지 않는 법이라

인간의 마음이 세상이 되어 사는 자는

세상이 되어지는 대로 순리의 마음이라

고통과 수고의 마음이 없이 살 것이다

어리석음이라 고통도 가지고 살고

어리석음이라 미망도 가지고 살고

어리석음이라 무거운 짐도 지고 산다

자연으로 되돌아가자

인간은 세상에 있지 않고

자기의 마음속에 있어

인간은 마음속에 있는 말하고 행하고 산다

없는 인생 덧없는 인생 부평초 인생 산다고 아웅다웅하던

수많은 이가 어디 갔는지 세상에서 사라졌구나

자식새끼 놓고 행복한 가정을 이루고 사는 것 같았으나

세월 따라 모든 인연이 뿔뿔이 흩어지고

늙은 할머니가 되어 혼자

이빨 없는 입을 우물거리며 무엇인가를 먹고 있구나

지난날 대가족이 어디론가 가버리고

또 그때의 주인들은 모두가 저세상에 가버렸구나

허물어진 옛집에 혼자 있는 할머니도

저세상 갈 날이 멀지 않구나

세월 따라 수많은 사연과 애환이 사라졌으나

할머니의 마음속에는 살았던 사연 사연이 있어

옛이야기를 하고 또 하고 있구나

갈 곳도 모르고 갈 곳도 없는 저세상에는
몰라도 너무 몰라 걱정도 하지 않고 죽어
남편과 조상과 함께 사는 줄 알고 있구나
제삿밥이나 잘 얻어먹기 위하여 제사 지낼 후손에게는
유난히 친절히 대하고 또 더 귀여워하구나
인생 삶 사는 세상 사람들은 어디를 가는지도 모르고
또 어떻게 살아가는지도 아는 자가 없구나
사람이 전해오는 수많은 이야기의
죽음 이후의 삶을 말해왔지만
그것이 맞는지 안 맞는지도 아는 자가 세상에는 없구나
세상에서 보면 저세상 간 모든 이는
모두가 대자연이 되었구나
본래로 되돌아갔구나
본래의 주인이 본래의 죽지 않는 나라에
다시 나게 해야만이
인간이 죽음이 없는 극락에서 살 수 있는 이치도

죽어보아야 저승을 알 수가 있는 이유라

사람들아 근심 걱정 수많은 애환에 인생사를 다 버리고

그 인생마저 죽을 땐 자연으로 되돌아가서

나는 없고 본시 있는 자연만 있어야 하지 않겠는가

자기의 세계 속에 사는 자는

지옥의 세계에 살고

지옥은 없는 세상이라

헛세상이 아니겠는가

참세상에 나자

다 죽어 완전히 자연만 남게 하여

그 자연에 다시 나자

참세상에 가려면

새소리가 나누나

이 황량한 사막에도 새가 있고

뱀과 사슴 노루가 있고

다람쥐 쥐도 있구나

비가 오지 않아 나무는 살아 있되 억세고

가시나무로 변하여 있구나

물기가 있는 계곡에는 풀과 나무가

키가 물먹은 만큼 커 있구나

사람이 사막을 이용하여 사는 것은

이 사막이 날씨가 좋고 건조하여

늙은이는 신경통이 없고 혹한이 없어서이라

수많은 오랜 세월 속에 살아온 모든 것은

생명이 없어졌고 형상도 없어졌고

본래인 자연으로 되돌아갔구나

이 대자연에 본바닥인 정신이 있어

대자연이 나왔고 본바닥의 주인이 사람으로 와야

본바닥의 나라에 세상에 있는

만상과 사람을 데리고 갈 것이라

일체의 세상을 구원하는 것은

세상의 일체를 다 부수고 없애면 본바닥만 남아라

본바닥의 주인이 마음속에 있게 되면

만상은 또 세상은 부활이 되어

본바닥의 재질로 거듭날 수가 있는 것이라

사람의 의식이 죽어 있어

본바닥에 이르지 못하고 자기의 마음속서 사니

이것이 허상이고 이것이 지옥이라

자기의 마음의 세계에 살아

그 속서 윤회 윤회를 하고 살아가고 있으니

그것이 고통 짐이라

이 마음의 세계와

마음의 세계에 살고 있는 자기가 없으면

살아서 본바탕을 볼 수가 있고

본바탕에 갈 수가 있고
본바탕의 주인이 살게 하여주어야
본바탕의 나라에 살 수가 있는 것이라
이것이 구세주가 와야
세상을 구원할 수가 있다는 뜻이라
거듭나고 다시 난다는 참인 진리의 재질인 영혼으로
거듭나고 다시 나야만이
그것이 참 거듭 다시 나는 것이라
인간이 세상 나 갈 곳이
자기의 마음속의 참의 나라고
자기의 마음속의 참의 나라에
거듭나는 것이 인간이 가야 할 곳이라
산천에 나무가 살다가 늙어 죽어지고
산산이 부서지면 없어지고 우주가 있듯이
이 세상의 일체가 없어져도 우주는 있는 것이라
그 없어지지 않는 만상의 본바탕인 재질로

거듭 다시 나야만이 인간이 영생불사신이 되어

나 속의 참 나라에서 죽지 않을 것이다

살아서 나 속의 참 나라에 부활이 된 자는

이 몸은 성전이고 법당이라

그 속에 참인 나가 살아 죽음이 없을 것이라

만상은 마음이 없어 자연으로 되돌아가나

인간은 자기의 마음속에서 살고 있기에

참인 자연으로 되돌아가지 못하고

자기의 망념의 마음속서 고통 짐을 지고 살아가니

이것이 지옥이라

천국은 나와 나의 마음의 세계 밖에 존재하는 이 세상이라

나와 나의 마음의 세상이 없고

참세상에 되돌아가서 거기서 참세상의 주인이

다시 거듭나게 하여

그 나라 살게 해야 살 수가 있는 것이라

참세상의 이치

구름이 한 점 없는 세상도 있구나

수만 가지가 있고 없어도

근원의 바탕에서 조건에 나고 없어짐이라

일체가 없는 가운데 신령이 존재하여

천지만상도 나고 그 자체가 살아 있어 신령스러운 것이라

본바닥이 천지의 만물만상의 근원이고 또 그 자체라

본바닥의 생김새가 만물만상이라

조건에 이것저것이 나고 있어 전능이라

전지란 신의 입장인 본바닥에서 보고 아는 것이 전지라

다시 말하면 참의 입장에서 보고 아는 것이라

본바닥이 형상의 만물만상의 어버이라

이 천지에 나타난 만물만상은

언젠가는 본바닥으로 되돌아감이 순리라

자연의 이치라

순리란 자연의 이치라

자연의 이치란 참이라

나고 죽고는 자연의 이치라

이것도 본바닥에 간 자만 알 것이다

이 세상에 있는 일체를 영원히 살리는 것은

본바닥의 주인이 사람으로 와야

영원히 살릴 수가 있는 것이라

주인의 마음속에 참인 이 세상이 있어

주인의 마음속에 있어 살으라 해야 있을 수가 있을 것이다

사람의 마음속에 있다는 깃은

사람이 없어지면 대자연인 본바닥만 있고

그 속에 부활이 된 자는 살 것이다

천극락은 사람의 마음속에 있고

사람의 마음이 본바닥이 된 자가

그 본바닥의 몸 마음으로 거듭나지 않고는

살 자가 없는 것이라

자기가 진리가 되어 산다는 자는

자기가 있어 진리가 되지 못하고

진리로 날 수가 없는 것이라

본바닥의 주인만이 거듭 다시 날 수가 있게 할 수가 있고

그 나라 살게 할 수가 있을 것이다

만상의 창조주는 본바닥이고

만상의 영혼 창조는 본바닥의 주인인 사람이 할 것이다

만상이 세상 나고 있는 것은

본바닥에 다시 나 사는 것이 이유이고 목적인 것이다

인간이 다 살지 못하는 것은

본바닥에 가지 못한 자는 살 수가 없는 것이다

증명 문제

화두

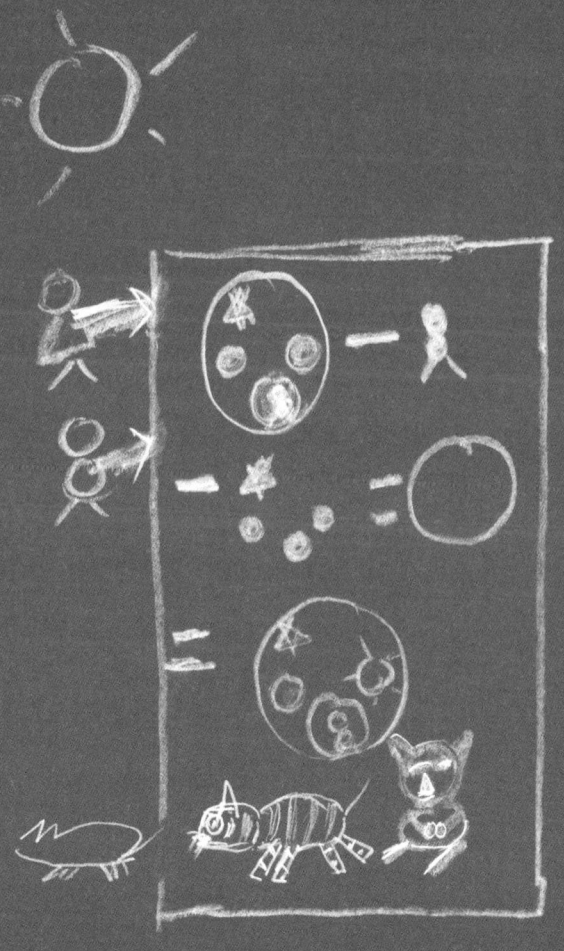

증명 문제
— 화두

1. 하나님을 아는 것이 지혜의 근본이다.

   왜 하나님을 알아야 지혜가 있느냐?

2. 진리가 세상 와도 사람이 모르는 이유는?

3. 인간은 왜 아는 것이 하나도 없는가?

4. 진리가 세상 오면 무엇을 하는가?

5. 진리는 어떤 행을 할까?

6. 사람이 왜 못 살아 있나?

7. 사람이 왜 허상인가?

8. 사람이 왜 죽지 못하는가?

9. 진리는 누가 되게 할 수 있는가?

   왜 진리만이 할 수 있나?

10. 사람이 죽으면 어디로 가는가?

11. 지옥과 천국은 있는 것인가 없는 것인가?

12. 무엇이 보고 냄새 맡고 듣고 말하고 느끼는가?

13. 스승님이 하는 일은 무엇인가?

14. 구원이란? 구세주란?

15. 왜 예수를 믿어야 구원이 되나?

16. 마음수련을 하면 구원이 되는가?

17. 참은 왜 죄업이 없는가?

18. 어느 종교, 어느 곳이 참인가?

19. 도(진리)를 하는 정신은 어떠해야 되는가?

20. 하나님은 스스로 존재하는데 스스로란?

21. 하나님은 어떻게 영원히 살아계시고 존재할 수 있는가?

22. 영원히 사는 방법의 전제 조건은?

23. 완성의 때는 무엇이냐?

24. 진리는 얼마만한가?

25. 이 세상은 어떻게 하여 완성이 되어 있는가?

26. 왜 살아서 천국을 가야 하나?

27. 죄업이란 무엇인가?

28. 참이란 무엇인가?

29. 귀신은 어디에 있는가?

30. 왜 참이 못 되어 있나(참이 왜 안 되었나)?

진짜가 되는 곳이 진짜다
우 명 지음

1판 1쇄 발행   2008년 8월 9일
1판 12쇄 발행 2009년 4월 15일
1판 13쇄 발행 2023년 12월 5일

펴낸이   최창희
펴낸곳   참출판사(주)
            03969 서울시 마포구 성미산로3길 67
대표전화   02)325-4192
팩스   02)325-1569
이메일   chambooks@hanmail.net
등록   2000. 12. 29, 제13-1147호

ISBN 978-89-87523-21-7 03810
값 17,000원